七人の兄たちは末っ子妹を愛してやまない 2

登場人物紹介

ミリィ

ダルディエ公爵家の
末っ子妹で転生者。
前世の因縁を解消し
愛されライフを満喫中。

フローリア

ダルディエ公爵夫人で
優しい母。
出身はザクラシア王国。
ジルとはラブラブ。

ジル

ダルディエ公爵家当主で
頼れる父。
ミリィの理想のイケオジ。
フローリアとはアツアツ。

ディアルド
ダルディエ公爵家長男。
しっかり者だが、
破天荒な弟妹に
翻弄されることも。
モニカ
またの名をウィタノス。
前世までは因縁があったが、
ミリィとの今の関係は大親友。
ジュード
ダルディエ公爵家次男。
兄妹のしつけ役だが
ミリィには激甘。
器用で商売上手。

第一章　末っ子妹は血筋に驚く

グラルスティール帝国の初夏の帝都。

私は自分の部屋で手紙を書いていた。モニカ宛てである。

一ヶ月ほど前に、長年の因縁の相手ウィタノス、改めモニカと親友となった。それ以来、現在遠い異国の地にいるモニカに、何度か手紙を出している。

文面を考えていると、ジュードが部屋に入ってきた。

「ミリィ、そろそろ出かけるよ。……それ、モニカ皇女への手紙かな？」

「うん」

「前に出した手紙の返事が、もう来たの？」

「ううん、まだ。一昨日も送ったのだけれど、また書きたいことができたから、もう一回手紙を出そうかと思って」

「……なんだか、日記のようだね」

ジュードが苦笑する。

モニカの住むトウエイワイド帝国は遠い。手紙を出して到着するまで、二十日から三十日くらいかかる。モニカからの返事を待って、さらにその返事を書くのでは、書きたいことが溜まってしまう。だから、文通を始めて以来、返事が来る前に何度か手紙を送っていた。ところが、モニカも同じことを考えていた様子で、私の返事を待たずに書いたのか、十日間で三通の手紙が届いた。

「まあ、ミリィが楽しいなら何よりだよ。でも、手紙を書くのは、また後にしようね。出かけるよ」

「はぁい」

ジュードが私の額にキスをしたので笑みを返し、私は席を立った。

それから、パパとママとジュードに連れられ、パパの友人であるアカリエル公爵邸へ馬車で向かうことになった。私はテイラー学園から週末の一時帰宅中のジュードの隣に座り、窓の外を見ていた。

帝都にあるダルディエ別邸の周りは、高級住宅地のようだった。広い庭の家、重厚感のある家、大きい家など様々な貴族の邸宅が並んでいる。

馬車に乗って十五分くらい経過した頃、ある門をくぐった。馬車が進む先には、これまた豪華な邸宅があり、その邸宅の前に公爵一家の面々と、使用人たちが並んでいるのが見える。

馬がゆっくりと停まり、邸宅の前にいた使用人が、馬車の扉を開けた。

先にパパが馬車を降り、ママをエスコートする。そして私もジュードにエスコートしてもらい馬車から降り、ジュードと手を繋ぎながらパパたちの後ろを歩く。

「ジル！　久しぶりだな！」

「ダルディエ公爵、公爵夫人。ようこそいらっしゃいました」

パパの親友であるアカリエル公爵とその夫人が、笑みを浮かべて手を差し出す。パパはその手を握り、もう片方の手を相手の肩へ置く。

「ルーク！　夫人も、元気そうで何よりだ」

「アカリエル公爵、公爵夫人。本日はご招待いただき、ありがとうございます」

パパとママはにこやかに返す。

アカリエル公爵はパパがテイラー学園に通っていた時からの親友で、アカリエル公爵はパパより年下で学年は違うそうだが、今でも仲が良いらしい。

このアカリエル公爵だが、すごく美形である。パパとは違った美形で、どこか女性的な美しさがあり、ジュードと同系統の美貌を感じる。公爵夫人はほっそりと華奢で、清楚な雰囲気の綺麗な方だった。

アカリエル公爵夫妻の横には、三人の子供がいた。男の子が二人と、年長の子が抱く女の子の赤ん坊が一人である。

「ジュードも元気そうだな。そちらがミリディアナ嬢かな？」

「初めまして、ミリディアナです」

アカリエル公爵の声に、私は一歩前へ出てスカートをつまんで挨拶をした。

すると、それに続くようにアカリエル家の子供たちも挨拶をしてくれた。長男がノアで年齢は私の一つ上、次男がレオで私の一つ下だそうだ。二人とも整った顔をしていて、将来間違いなくモテるであろうことは想像に難くない。そして、ノアが抱いていた赤ん坊は二人の妹でオーロラといい、生後半年ほどらしいが、とても愛らしい。将来美人になるだろう。

今日アカリエル公爵邸を訪れたのは、このオーロラと初顔合わせをするためだった。一家は先日アカリエル公爵家の領地から帝都に来たばかりらしい。

また、私以外の兄たちはアカリエル家と面識があるようで、パパはアカリエル公爵に会ったことのない私を紹介したいと連れてきてくれたのだ。向こうにとっては私との初顔合わせも兼ねているというわけである。

挨拶が終わると、お茶会会場へ移動した。目の前には美味しそうなお菓子が並んでいる。どれもこれも食べたいが、お腹を壊すのが怖いので、たくさん食べないようにする。

目の前に座るノアとレオは、年齢の近い女の子の知り合いがいないらしく、私に興味があるのかニコニコとこちらを見ていた。お近づきの印として、ジュードに作ってもらった猫耳フードのローブをアカリエル三兄妹に贈ったら喜んでくれた。またオーロラにはクマのぬいぐるみも贈った。

そんなお茶会会場に、ふらっとやってきた人物がいた。

「シオン？」

なぜかシオンが普段家にいるような気楽さでやってくると、私の隣に立って私の頬にキスをする。

「シオン、お前もお茶をどうだ？」

「そうですね、少しだけいただきます」

アカリエル公爵の言葉に頷き、シオンは私の横に用意してもらった席に座った。

「どうしてシオンがいるの？」

「訓練していたから」

聞くところによると、シオンの心の声を聞く能力、つまり天恵の訓練をしていたらしい。

シオンは前に、天恵の能力の高め方や応用のやり方をよく知っている家で、天恵の訓練をしていると言っていた。その天恵の専門家のような家が、このアカリエル公爵家だったらしい。テイラー学園の週末の休みを利用して、よく訓練に来ているのだという。

シオンは少しだけお茶とお菓子で休憩をして、すぐに去っていった。

その後、いったんお茶会は終了し、部屋を移動した。

大人たちが楽しそうに話をしている横で、私たち子供たちも話をする。ノアとレオは私とは初対面だったけれど、人見知りのしない子たちだった。シオンのように天恵持ちらしく、シオンと一緒に訓練をすることもあるらしい。

ジュードがノアとレオと話をしている横で、私はオーロラを抱かせてもらったけれど、小さくてとにかく可愛くて、思わず顔が緩んでしまう。ぷくぷくほっぺがクセになる触り心地で、私が赤ん坊の頃、兄たちが私のほっぺを撫でまわしていた気持ちがよく分かる。

ニコニコと笑みを浮かべるオーロラと戯《たわむ》れていると、アカリエル公爵夫人が私の傍にやってきた。

「ミリディアナちゃん、オーロラと遊んでくれてありがとう。またいつでも遊びにいらしてね。うちの子達と仲良くしてくれると嬉しいわ」

「はい、こちらこそ、私と仲良くしてくださると嬉しいです」

そう言うと、公爵夫人は笑って頷いた。そして少し小さい声で話を始めた。

「実はね、ダルディエ公爵に娘が生まれたと知って以来、夫はずっと娘が欲しいと言っていたのだけれど、わたくしは妹はいらないと思っていたの」

『娘』ではなく『妹』がいらないとはどういうことだろう。

「……女の子が嫌いですか？」

「いいえ、違うの。わたくし妹でね、兄がろくでもない人で、とても苦労したわ。わたくしも結婚して先に男の子、ノアとレオが生まれたから、次に生まれる女の子は妹になるでしょう？　わたくしのように不幸になってしまうのではと、怖かったの」

なるほど、実体験だったのか。しかしこればかりは、各々の性格もあるだろうし、未来のことだから何とも言えない。ただ、妹である私は、けっして不幸ではないし、兄がいるから幸せである。

「ノアとレオはとてもいい子だから、良い兄になってくれるだろうと思うものの、わたくしの過去のトラウマから不安で……。でもシオンがミリディアナちゃんを可愛がっている話を聞いて、大事なのは躾や洗脳だと思ったの！」

（うん？　なんて？）

「毎日、妹は大事にするように言い続ければいいのだわって気づいたの。今のところ、ノアもレオもオーロラに優しくて大事にしてくれているわ。気づかせてくれたシオンとミリディアナちゃんには、お礼を言いたかったの！　ありがとう！」

「……」

なんだろう、躾や洗脳などと、ちょっと気になる言い回しではあるが、公爵夫人もオーロラを自分のような、不幸な妹にさせないために必死なのだ。

今まで見る限り、ノアもレオも優しい性格でいい子のようだし、オーロラを間違いなく可愛がっている。私は何もしていないが、シオンが私の話をして公爵夫人に希望が持てたなら、何よりだと思う。

◆◆◆

社交シーズンが終盤となり、両親と双子と私はダルディエ領に戻ってきた。もうすぐ夏休みになるため、他の兄たちももう少ししたら戻ってくるだろう。

七歳になった私は、昼間はパパの執務室で本を読んだり勉強したりして過ごすことが多い。本当は騎士団へ行っている双子と一緒に運動をしたいと思うのだが、相変わらず時々熱が出たりお腹を壊したりするから、パパや兄たちに運動したいとは言い出しにくい。だから今のところは庭の散歩くらいに留めている。

その代わりと言ってては何だが、ダルディエ領にいる間は、男装でいることも多い。ズボンが動きやすいから散歩しやすいし、まだ髪の毛の長さが肩に付かない程度のボブだから男装に違和感もない。

実は最近、街へ出る許可をパパから得た。最初は一人で行くのではなく、パパかママがいるときに街に行けばいい、危ないからと渋られた。だから、一時間だけだからとお願いし、護衛を一人連れた上で、短い時間なら、とパパから渋々許可を貰えた。時間は徐々に増やしていけばいいのだ。

一時間では街を楽しむことなどほとんどできないが、街の様子を見るだけでも楽しい。街中の様子を見ては、帰ることを繰り返しながら、よく考えたらお金の使い方が分からないことに気づいた。欲しいものがあるわけではないが、今度兄の誰かに教えてもらおうと思った。

そうやって過ごしているうちに、夏休暇でディアルドとジュードとシオンが戻ってきた。エメルとカイルも数日後に戻ってくる予定だから、久しぶりに屋敷が賑わうだろう。全員揃うのが楽しみだ。


その日、パパの執務室で本を読んでいた私は、ディアルドとパパが話す内容に耳を傾けていた。ディアルドはこれからカロディー家へ行くらしい。カロディー家のことは、時々パパが部下と話をしている中で聞くことがあった。

カロディー家は伯爵筋で、ダルディエ家の遠縁にあたる。去年かその前の年かに、当主とその奥方が事故で亡くなったと聞いている。その後、当主を継いだ息子はまだ幼く、パパが後見人となり、カロディー家の執務を行っていた。その執務を、ディアルドが夏休暇中はパパの代わりに行うという。

「ディアルド、カロディー領へ行くの？　ミリィも行きたい」

「え？　……俺はいいけれど、父上、どう思われますか？」

「ミリディアナ、行くとなると泊まりになるが大丈夫か？　ディアルドが仕事をしている間は、遊べないのだぞ」

「ディアルドの隣で勉強や本を読んだりしてるね！」

「……ディアルド、ミリディアナの面倒も見るのだぞ」

「分かりました」

カロディー領はダルディィエ領の隣で、馬で二時間ほどかかる。そこで、私はまずディアルドと馬でカロディー領へ向かい、着替えなど必要なものは馬車で送ってもらうこととなった。馬より馬車のほうが進みが遅い。荷物は夜に間に合えばいいのである。

他家を訪ねるのだから、さすがに男装はダメだろうと思い、この日は女の子の恰好をすることにした。断髪騒ぎの時、切り落とした私の髪で作った長いカツラも装着した。

「ディアルド、パパの仕事をできるなんて、すごいね！」

「すごくはないよ。カロディーは領地も狭いし、執務量は多くないからね。一人、日々の執務を頼んでいる部下も現地にいるし、俺がする仕事はそこまで難しいものではないんだよ」

馬を走らせながら、何でもないことのようにディアルドが話す。

そんなに謙遜しなくても。ディアルドは数年前からパパに仕事を教わっている。今年十八歳を迎えるので、あと一年テイラー学園へ通ったら卒業である。ダルディィエ領より小規模のカロディー領の執務は、将来的にダルディィエ領の執務をするための練習の役割もあるのかもしれない。

途中、一度馬休みを入れ、カロディー家に到着した。ディアルドが馬から降り、私を抱き上げて降ろしてくれると、そのまま邸宅の入口に向かった。

パパの代わりにディアルドが来るという報せは届いていたらしく、使用人がずらっと並び、カロディー家の子供が四人お出迎えしてくれた。自己紹介をしてくれたが、長女エレナが十六歳、次女サラが十五歳、三女ユフィーナが十三歳、そして一番下が九歳の長男レンブロンである。

(まさかこの男の子がカロディー伯爵?)

大人しそうな少年で、なんとも頼りなさげだ。

長女と次女は、少女から大人へと変貌中で、美人なことを自覚しているのだろう、ディアルドを見る目が媚びたような女性のそれである。私を片手で抱っこしているディアルドのもう片側の手を、誘うような表情で長女が触った。

私と言えば、それを唖然として見ているだけである。

「本日、ディアルドさまがいらっしゃるのを、とても楽しみにしていましたのよ。お菓子とお茶を用意していますので、ぜひ歓迎のお茶会でもいかがかしら」

「いや、すぐに執務に入りたいので遠慮しておく」

ディアルドは無表情で長女から手を抜くと、私を降ろした。

「それより執事は」

「わたくしでございます」

すっと前に出た執事に、ディアルドは頷く。

「歓迎はありがたいが、さきほど言ったように俺はすぐに執務に取り掛かる。その代わりと言ってはなんだが、夕食は全員で取れるよう用意してくれないか」

「かしこまりました」

「それと予定にはなかったが、妹のミリディアナを連れてきた。部屋は俺と同じでいい。侍女を一人付けてほしい」

「かしこまりました」

「ミリィ、この後どうする？　予定通り、一緒に来る？」

うんと頷こうとすると、長女が割り込む。

「でしたら！　ミリディアナさん、わたくしたちと一緒にお茶会を致しませんか？」

私に言っているはずなのに、長女の目はディアルドへ向いている。

「どうする？」

私は迷ったが、お茶会の誘いに乗ることにした。


現在、私はカロディー家の長女、次女、三女、長男とお茶会中である。

家族以外とお茶会をする機会が少ないため、私は粗相をしないよう大人しくお菓子のクッキーをつまんでいた。

お茶会はけっして良い雰囲気ではなかった。

ディアルドにお茶会への出席を断られた長女と次女は不機嫌で、それを隠そうともしない。しかも二人とも口が悪い。ディアルドと話をしていた時は、一応は言葉遣いが整っていたのに、私のような七歳の子供には礼儀を尽くす必要もないと思っているのだろう。

「どうしてこの私が、こんなガキとお茶なんて飲まなきゃいけないの？」

（誘ったのは、そっちだと思うけれど）

長女はテーブルに前のめりになりながら片肘をついた手に顔を乗せ、悪態つきながら、もう片方の手で器用にカップに口を付けた。

「ふふ、お姉さまったら、ディアルドさまにまったく相手にされていなかったわよね」

「何よ！　あんたには見向きもしなかったじゃないの！」

「あら、お姉さまより若い私が誘ったら、お茶会だって来てくれたかもしれないわ」

「何ですって⁉　私が年増だといいたいの⁉」

（すごい会話だな。二人とも十分若いのに）

十六歳かそこらで、年増も何もないと思う。世の中の女性を一気に敵にするセリフである。

まだぎゃあぎゃあと言い合っていた長女と次女だったが、急に私に矛先を向けた。

「それで？　ディアルドさまは、どういった女性が好みなのかしら」

（知らないよ）

ディアルドが自分の女性の好みなど、私に言うわけがなかろう。まあ、私がわざわざ聞いたりしないからかもしれないが。

「……裏表のない人が好きだと思います」

しれっと軽く毒づいてみた。

貴族というものは、裏表が激しいものだ。本音と建て前だけでなく、嫌味や皮肉の応酬も一般的なのだ。それは分かっているが、こうあからさまだと、こちらだって気分が良くない。

長女と次女は私が何を言いたいのか分かったのだろう。顔を真っ赤にして立ち上がった。

「何よ！　ディアルドさまの妹だからって、調子に乗って！」

「生意気なのよ！」

憤慨した二人は、連れ立って去っていった。

なんだあれは。お菓子を一つ口に入れ呆れていると、申し訳なさそうに謝る声がした。

「姉たちの失礼な態度をお詫び致します。申し訳ありません」

三女が丁寧に頭を下げる。

そういえば、三女と長男がまだいたな。長女と次女が強烈すぎて忘れていた。

長女や次女の派手な容貌とは違い、三女は控え目な服を着ている。けれど、姉とは違った美しさを持つ可憐な少女だった。言葉遣いも、相手が七歳と侮ったふうではなく丁寧である。

長男はそんな三女に似た容姿をしている。長女と次女が怖いのか先程までは縮こまっていたが、今はほっとしたような表情をしていた。

「お姉さまたちは、普段からあのような？」

言外に「普段から失礼な人なのか」と聞くと、三女はさらに申し訳なさそうな顔をした。

「わたくしが至らないばかりに、申し訳ありません」

いやいや、あなた三女でしょう。姉のやらかしを下の妹が謝る必要はないのでは？

「姉さまは悪くありません！　僕がまだ、……頼りないから」

「何を言うの。あなたは頑張っているわ」

長男も上の姉二人の態度には、何か思うところがあるらしい。

「お姉さま方は、教養やマナーのレッスンはされておられないのですか？」

貴族の令嬢であれば、七歳頃から少しずつレッスンを受けるものだ。しかし、姉二人はレッスンを受けたとは思えないほど酷い態度だった。

「一応学んでいるはずなのですが、両親が亡くなってからは姉たちが自分には不要だと断ってしまって」

つまり、受けたレッスンは中途半端だということである。

「女性の学園へは？」

「行っておりません。家庭教師もいらないとおっしゃいますし」

ここでの女性の学園とは、貴族の女性が通う、マナーや教養、学問を学べる女子校である。国にいくつかそういった学校がある。女性の学校は義務ではないものの、そこに行っておらず、家庭教師も付けていないとは。日々遊んで暮らしているだけということか。

（まあどうでもいいや。他人の家庭だし）

貴族女性の心配ごとといえば、一番は夫探しである。少しでも条件のいい夫を探すことが、良家の子女の親と子の悩みである。なのに、長女と次女のあの態度では、すぐに化けの皮が剥がれて嫌《けん》厭《えん》されそうだ。あの美貌であれば騙される男性もいるかもしれないが、素の態度を見抜けぬ男性であれば、それまでだろう。大した男性ではない。

とはいえ、今の長女と次女の目当てがディアルドのようだから、少し探りでも入れてみようか。まさかディアルドが騙されるとは思えないが。

私はお茶を飲み干すと、立ち上がった。

「お兄さまのところに案内していただけますか」

「ディアルドさまは執務中かと思いますが、よろしいのですか？」

「お兄さまには、執務中に一緒にいることを許可していただいています」

「分かりました。わたくしが案内致します」

長男は勉強のために去り、私は三女のあとを付いていく。ある部屋の前で止まり、三女がドアを軽く叩き声をかけると、中から返事があった。

三女と私は部屋へ入ると、部屋の中には、ディアルドともう一人男性がいた。執務のため公爵家から派遣されている人で、パパの執務室で見たことがある。

「ミリィ」

机から顔を上げたディアルドは、私の顔を見て立ち上がり、私のところへやってきた。

「お茶会は楽しかった？」

「お菓子が美味しかったよ」

「それはよかった。……ユフィーナ嬢、ですね。妹を連れてきてくれたのですね。ありがとうございます」

ディアルドは私を抱っこしてから、三女に微笑んだ。

頬に少し赤みが差し、三女はお辞儀をした。

「それでは、失礼します」

少し小走り気味に三女は去っていく。

「さて、俺の膝の上と椅子とどっちがいいかな？」

「ディアルドは仕事中でしょう？　邪魔をしないよう、椅子に座って本を読むわ」

一冊だけ、ディアルドの荷物に私用の本を入れて持ってきている。

パパの部下の人が、ディアルドの横に椅子を用意してくれたので、そこに座って本を開く。

それから本を読む私の横でディアルドと部下の人が仕事を黙々と続けつつ、時々仕事の会話をしているうちに、いつの間にか外は夕焼け色に染まっていた。

「今日はここまでにしようか」

「そうですね」

部下の人は、定期的にカロディー家を訪ねて仕事をまとめ、それをパパが最終チェックしたり決裁したりしているらしい。そのパパの役目を今回はディアルドが行っている。

「お嬢様が真剣に読まれていた本は何ですか？」

部下の人は紅茶で一息つきながら言った。

「『タタラの結婚と心変わり』だよ」

部下の人は、ぶはっと紅茶を噴き出した。

（汚いな……）

ディアルドは私の本の背表紙を急いで見る。

「なんでこんなもの⁉」

「アルトがくれたの」

「あいつ……」

アルトとバルトの双子は、時々騎士団をサボって、街へ遊びに行っている。二人とも私が本好きなことを知っているので、その時に退屈しのぎにと、本を買ってきてくれるのだ。

ただ、本のチョイスが悪かった。いや、私としては悪くないチョイスなのだが、どうみても大人向けの恋愛の本ばかりだった。本人たちは本を読まないので、本屋で今流行ってると評判のものを買ってきているにすぎない。

大人向けとはいっても、前世なら中学生向きと言えそうな、きわどい部分でもキスどまり。不倫や浮気という言葉は出ても、細部まで事細かには説明されていないので、私としては清らかな、きゅんとする恋愛小説という認識だ。

ただ、この世界では、なぜか恋愛小説は隠れて読むものというのが常識で、若い女性を中心に人気はあるのだが、読んでいるのがバレると恥ずかしいジャンルだったりする。

まあ、どちらにしても七歳が読むべき内容の本ではないことは確かだ。

「面白いのよ」

「面白くないよね⁉　こんなもの、ミリィには早いよ。何で気づかなかったんだ俺」

私から本を奪ったディアルドは、頭を抱えた。

取られてしまっても問題はない。一度読み終わり、気になったところを二度読みしていたところなのだ。

「それでね、夕食前にディアルドに聞きたいことがあるの」

「……何かな」

仕事をしている時は何ともなさそうだったのに、本の題名を知ったあたりから疲れた表情を見せるディアルド。

「ここの上のお姉さま二人なのだけれど」

「えっと、エレナとサラ？」

よく名前を覚えているな。さすがディアルド。

「うん。その二人のお姉さまね、ディアルドのお嫁さんになりたいみたいなの」

「は？」

本人たちは、核心的な言葉は口にしていないが、ディアルドの妻の座を狙っているのは間違いないだろう。ディアルドは長男だしね。未来の公爵様だしね。将来有望筆頭だ。

「あのお姉さまたち、ディアルドのお嫁さんになったらミリィのお姉さまになるのでしょう？　ミリィ、嫌だな。あの人たちがお姉さまになるの」

「……」

「ディアルドは、あのお姉さまたちが好き？」

「……好きじゃないよ」

ディアルドは脱力気味に答える。そして「あの本の影響か？　帰ったら説教だな」とブツブツ言っている。

「エレナとサラは俺の好みではないし、そうでなくとも、あの二人だけは絶対に妻になどならないから、ミリィはそんな心配しなくても大丈夫だよ」

「本当？」

「本当。ったく、もうあの本読んじゃダメだよ」

それには同意できません。だって、まだそれ系の本、家にたくさんあるもの。

ディアルドは私を抱き上げ、ソファーに座ると私を膝に乗せた。

「……そこ、笑いすぎでは？」

「す、すみませっ」

何故か部下の人は、下を向いて震えていた。


カロディー家での夕食は、お茶会とは違い穏やかな雰囲気だった。長女と次女はディアルドの関心を引くためにしきりに話しかけ、ディアルドはそれに友好的に返す。それをディアルドの好意だと受け取っているのか、長女と次女は始終ご機嫌だった。

ただ夕食後、まだ話し足りないからお茶でも、という長女と次女の誘いを丁寧に断ったディアルドは、私を連れて準備されている部屋で寛いでいた。

私の荷物は夕方前に届いていた。侍女を呼んで先に風呂へ入れてもらった後、髪を手入れされているうちに眠くなってきていた。

「もう眠い？」

私の後に風呂に入っていたディアルドが、バスローブを身に着け上がってきた。髪が濡れて、雑にバスローブをまとう姿は、やけに色っぽい。テイラー学園へ行っている間も、鍛錬は欠かさないのだろう。バスローブから覗く身体は、引き締まっている。

そんなディアルドを見て、私の髪の手入れをしていた侍女が顔を赤らめている。罪な男である。

「眠くないよ」

「嘘つかなくてもいいのに。目がトロンとしているじゃないか」

私の顔を上へ向かせ、ディアルドはふっと笑う。

「そういえば、今日はジュードが当番だっただろう？　今頃悔しがっているかな」

添い寝のことだろう。いつも領にいないディアルドとジュードとシオンが帰っている間は、この三人の添い寝ローテーションの回数が増えるのだ。

「ミリィはディアルドもジュードも好き」

「分かっているよ。今日は俺が独り占めだなと思っているだけ」

ディアルドは私のおでこにキスをし、またバスルームへ向かう。風呂上がりの水気を吸い取ったバスローブから着替えるためだろう。

ディアルドは特別な服の時以外は、侍女や下僕に手伝ってもらいながら着替えるようなことはしない。時間がかかるし、本人は面倒だと思っているようだ。

私の寝る準備が完了すると、侍女は去っていった。着替えたディアルドと共に、ベッドに入る。

カロディー家の客間のベッドには取り外しのできる柵がない。「しまったな」とディアルドは独り言を言っていたが、赤ちゃんの頃よりも寝相が良くなったから、ベッドに柵がなくとも今なら落ちたりしないだろう。普段でも、そろそろ柵は取ってもいいかもしれない。

私は寝つきがいい。ディアルドと共にベッドに入り、お休みのキスを貰って三呼吸目には、自分の寝息が遠くに聞こえだす。その向こうでディアルドの笑う気配がしたような気がした。


カロディー家二日目。

ディアルドが動く気配がして、私の目が覚めた。

まだ外は薄暗闇だが、ディアルドはだいたい日の出とともに起きる人である。そして隣で眠る人の起きる気配を察知する能力が高い私は、隣の人の目が覚めるタイミングで一緒に目が覚めるのである。

「ミリィ、おはよう」

「お……ょう」

起きたものの、まだ覚醒しているとは言えない私は、伸びをすると、その流れでまだ横になったままのディアルドの上に乗った。

ディアルドの心臓の上に耳を乗せ、その音を聞くと落ち着くのだ。

「まだ寝っててもいいんだよ」

「ううん、起きる」

ディアルドは私をぎゅっと抱きしめ、私ごと身体を起こした。そして私を抱えてベッドを抜けると、壁側にある紐を引っ張る。

この紐は使用人呼び出し用のものである。引っ張ることで、使用人の部屋のベルが鳴る仕組みだ。貴族の家は、だいたいこの仕組みで、ダルディエ家も同様である。

侍女がやってくると、抱えていた私を侍女に任せ、ディアルドはバスルームへ向かう。いつものルーティーン通り、ディアルドは着替えて走りに行く。

私は侍女に手伝ってもらい、顔を洗ったり着替えたり髪を整えてもらったりする。これは家にいる時から変わらない。

その後、侍女が部屋を出ていくと、私はバルコニーに出てみた。朝もやが少しあって景色は見づらいが、朝日の白黄色の光が差し込み、気分はすがすがしい。

そうしているうちにディアルドが帰ってきて、またバスルームで汗を流した後で、一緒に朝食をとることになった。

カロディー家の子供たちはまだ起きていないようで、朝食は私とディアルドと部下の人との三人だった。

朝食が終わると、私たちはそのまま執務室に向かい、ディアルドと部下の人は仕事、私は算数の勉強にとりかかる。

昼食はカロディー家の子供たちも一緒だった。

長女がディアルドに家の中を案内したいと言い出したが、ディアルドは執務で忙しいのでと、丁重にお断りした。ならばと、私だけでも案内したいと長女が言うので、カロディー家の探検に興味があった私は、誘いに乗ってみた。

そして現在。

どうやら『子供の面倒も見ます』といい女アピールがしたかっただけなのか、ディアルドが執務室へ行ってしまうと、私はほっぽり出された。

「家の中なんて、勝手に見なさいよ。私、暇じゃないの」

長女と次女は去っていき、その場に取り残された私に話しかけたのは三女だった。

「あの……よかったら、わたくしが案内しましょうか？」

そういうわけで、私は三女と三女の侍女の案内で、カロディー家の屋敷の中を見て回っている。

カロディー家の屋敷はダルディエ家の邸宅より小さいが、歴史的な趣があって、なかなか素敵である。絵や調度品なんかも歴史を感じるものが多く、この家が代々受け継いできた歴史というものを垣間見た感覚になる。

屋敷の中を見終わると、庭も案内してくれるというので、外へ向かった。

庭は綺麗に整えてあり、小さな噴水や彫刻なんかも丁寧に掃除されている。しかし、裏庭の方へ私が足を向けようとしたところ、三女に止められた。ここまで案内されたのなら、せっかくだから裏庭も見たいものだ。

あまりに必死に止める様子に首を傾げ、私は無邪気を装い走って裏庭へ向かった。走ったりすると家では止められるが、ここにはそういう人はいない。

裏庭へ行くと、三女がやけに行ってほしくなさそうにしていた理由が分かった。裏庭は荒れ放題だったのだ。私を追いかけてきた三女は、青い顔をしていた。

それから場所を室内の談話室へ移し、私と三女は使用人の用意するお茶とお菓子を食べて、一息ついた。

「裏庭は、誰も見ていないのだから、綺麗にする必要はないとお姉さまが言いますの」

ぽつりぽつりと三女が事情を話し出す。

三女の話によると、大まかにはこういうことらしい。

実は姉二人は、父の後妻の連れ子で元は平民。そして三女と長男は先妻の子だという。つまり上の姉二人とは血が繋がっていない。

三年前、父の再婚でこの家に入った妻と姉二人は、最初から金遣いが荒かったという。そして約一年前、父と義母が事故死すると、姉たちが家のお金の管理をしだしたらしい。

貴族の家のお金事情だが、大きく分けると、領内のことや事業に関する外側のことは夫の役目、屋敷の管理や使用人の管理、庭の管理なんかの内側のことは妻の役目とするところが多い。もちろん家庭内の力関係はそれぞれなので、一概に全ての貴族がそうだとは言えない。全て夫が管理する家もある。

カロディー家は一般的な貴族と同じで、後妻がやってきた時に、妻の役目として屋敷全般の管理を引き継いだらしい。そこから後妻がどう采配したのか分からないが、後妻と姉二人に使うお金は増え、三女と長男に使うお金は減っていった。そして当時のカロディー伯爵は後妻にベタ惚れで、それを気に留めることはなかった。

貴族にも予算というものがある。領や事業に関するお金は、現在のカロディー伯爵の後ろ盾であるパパがしっかり管理している。そして屋敷で使えるお金の予算は、執事に預け、管理を一任している。その屋敷用の予算に、この家の現在の主人は自分たちだとでも言うように、長女と次女が口出しをしているのだ。

長女と次女は自分を着飾るためのお金が欲しかった。そこで、裏庭はどうせ誰も見ることがないのだからと、庭師を数人解雇したのだという。両親が亡くなり、客人の少なくなったのをいいことに、客室を減らし、普段使わない部屋は掃除しないなどして、使用人も減らした。

実は先程、三女が案内しなかった部屋があり、そこは管理されず掃除もされていないらしい。三女と長男では、長女と次女の横暴には勝てず、また口を出そうものなら、ヒステリックに攻撃されるという。

なるほどと思った。上の二人と下の二人は性格も容姿も雰囲気も全然違う。運よく突然お金を手にした姉たちは、本当に権利のある二人には渡さず、自分たちで使ってしまうつもりなのだろう。自分を良く見せようと資金をかけて着飾り、その美貌で、資産のある貴族の夫を捕まえようとしているのだ。最終的には落ちぶれるカロディー家から乗り換えるつもりなのだろう。

ただ、領のお金はパパが管理している。だから強欲な二人が領のお金に手を付けられないのは確かだ。

「上のお姉さま方は、カロディーの名を継いでおられるのですか？」

「まさか、とんでもない！　あんな人たちがカロディーの名を名乗るなど、あってはなりません！」

ずっと悔しそうな顔をしながら三女の話を聞いていた彼女付きの侍女が、震えた声で言った。少なくとも、この侍女は三女の味方なのだな、と心に留める。

後妻の娘は、カロディーの姓を継いでいない。ただ母の結婚に付いてきただけの人間だ。

ということは、昔の姓のままで、つまり平民。貴族でもない、後妻も亡くなったのに、まだこの家に留まる居候にすぎない。

（なんだ、簡単なことじゃないの）

ただ追い出せばいいのだ。ただの強欲な居候である。わざわざここに置いてあげる必要はない。

（ただ、今の三女と長男にそれができるとは思えない）

いい意味でも悪い意味でもいい子たちなのだ。守ってくれる両親がいないなら、三女と長男の二人で姉二人に対応できるようにならないと、この屋敷はおろか、今後貴族社会でも生きていけない。

「ところで、ユフィーナさまには、家庭教師はおられるのですか？　マナーや教養の先生は？」

「昔はいたのですが、お父様が亡くなってからは……。お姉さまが無駄だとおっしゃって」

なるほど、そこも削減して、自分たちのために使うお金へ回しているのですね。徹底している。

けれど、姉二人を三女自身で回避できるようになる知識は必要である。

「だいたいお話は分かりました」

「ではディアルドさまに裏庭のこと、黙っていていただけますか？」

うん、問題はそこではない。でも三女の問題は、荒れた裏庭が恥ずかしい、それをどうにか知られまいとする、その一点に向いている。私がこのまま黙っていることに問題はないが、根本的な解決をしないといけない。今後この歴史のある素敵な館が荒れていくのは、私だって気になる。

単純にパパやディアルドに言って改善してもらうこともできるが、その場しのぎで三女の成長は見込めない。相手が姉たちでなくても、いつまでも奪われるだけの存在となってしまう。それが分かっているので、関わってしまった身として、少しだけお節介をしてみようと思う。

それを七歳の戯言と撥《は》ねつけるなら、それでもいい。三女次第だ。

「そこまでおっしゃるなら、裏庭のことはお兄さまに黙っておきます」

「ありがとうございます！」

三女はほっとした表情で答えた。

「ただ、ユフィーナさまに家庭教師もいないのはいけないと思います。マナーや教養の先生も雇ってもらえるように、ユフィーナさまからお兄さまにお願いをしてみましょう」

ディアルドが先生を付けると言えば、それに口出すことは長女や次女もできまい。

「え？　でも」

「ずっと無知のままでいいのですか？　いつまでもお姉さま方に、やられっぱなしのままになってしまいます」

三女とその侍女は、驚愕の表情を浮かべた。

「ユフィーナさまは良くても、レンブロンさまはどうするのですか？　屋敷の中で頼る相手はユフィーナさましかいないのです。レンブロンさまが、いつかお姉さま方のあやつり人形となってしまってもいいのですか？」

三女がぎゅっとスカートを握る。

「家庭教師とマナーや教養の先生に学んだ後は、女性の学園に行くといいと思います。そして頑張れるなら、テイラー学園にも行くほうがいいでしょう」

「テイラー学園にですか？」

三女は驚いたような声を上げた。正直いうと、テイラー学園にまで通う必要はないのだが、兄の話によると、あの学園は通うだけでステータスとなるようだから、通えるのなら通っておいたほうが良い。

「無知でなくなったら、いつかお姉さま方のことは、ユフィーナさま自身で解決できると思います」

私は席を立つと、笑った。

「では失礼します。私はお兄さまのところへ行きます」

呆然とする三女と侍女を置いて部屋を出る。すこしお節介がすぎただろうか。

その後、執務室で勉強の続きをしていたところ、三女がやってきた。そして兄に家庭教師とマナーや教養の先生を雇ってほしいと告げる。その表情は、さきほどとは打って変わって、決意に満ちていた。

昨日、カロディー家からディアルドと二人でダルディエ領に戻った。家庭内に問題のあるカロディー家だったが、三女ユフィーナは自らディアルドに家庭教師やマナーの先生を依頼した。ディアルドは了承し、それぞれ先生を見繕っていたので、来週にも先生が到着するだろう。長女と次女は、無駄な金遣いだと明らかに嫌そうな顔をしていたが、ディアルドの前ではにこやかにしていたから、ディアルドの手前、先生を追い出すことはしないと思う。

(そういえば)

長女や次女をディアルドのお嫁さんにする気はないよね？　とディアルドに聞いた時、あの二人だけは絶対にないと言っていたことを思い出す。

その時は、性格に難ありと見抜いているからかと思っていたが、ディアルドはあの二人がカロディー家の人間ではない、つまり貴族でないことを知っていたのだろう。

ディアルドはダルディエ家の長男だ。いい意味でも悪い意味でも自分が跡継ぎなのだと、正しい意味で理解している。

(それにしても、またいつかユフィーナに会うのが楽しみね)

ディアルドもしくはパパが、またカロディー家へ行くはず。どこかの時期に私も一緒に行って、様子を見たいと思うのだった。

◆　◆　◆

テイラー学園に通う兄たちに遅れて、エメルとカイルがダルディエ領へ戻ってきた。

最近の私は午前中はエメルとカイルと勉強をして、午後は一緒に遊ぶことが多い。

今日はというと、敷地内にある湖でボートに乗りたいとジュードにお願いして、舟遊びをすることになっていた。こんなふうに時々お願いして乗せてもらっている。

私と兄たちと全員で湖にやってきている。

私から少し離れたボートには、シオンと双子が乗っており、なぜかすごいスピードでぐるぐる回っている。

(あれに乗っていなくてよかった)

あんなに回ると、酔える自信がある。

組み合わせは、ジュードと私で一隻、ディアルドとエメルとカイルで一隻である。

ジュードは湖の中央あたりまで進むと、ボートを止めた。湖の中央は端よりも深さがある。

「ミリィ、乗り出すと危ないよ」

「うん」

小さい魚が太陽にキラキラと反射している。夏だけれど、手を湖に浸けると水が冷たくて気持ちいい。

「ジュード」

「うん？」

「海とか川で泳いだりする？」

「泳ぐ……川で足を浸けたりはするけれど。国の北のほうでは海では泳がないかな」

「そうなの……」

泳ぐこと自体しないのだろうか。がっかりする。

「あ、でも国の東側のラウ領や、それより南の方は泳いだりするって聞いたことあるよ」

「本当!?　ミリィも泳ぎたい！」

「えぇ!?　海で？」

「海じゃなくて、この湖で！」

「うーん……」

「東側や南のほうでは、どういった恰好で泳ぐの？」

「聞いたことないな。今度調べてみるよ」

「ありがとう！　ジュード！」

「わぁぁぁ！　ミリィ！　危ないから立たないで！」

（泳ぐと言ったら、水着でしょ！）

ジュードは必ず調べてくれるだろう。来年の夏は湖で泳げるかもしれない。気分上々である。

その後、調べてくれたジュードに水着っぽいものを着て泳ぐらしいと聞いて、喜んだ私だったがその内容に驚いた。

（それ、水着じゃないよ、薄い服だよ）

普段貴族が着る服は、コルセットだったりペチコートだったり何重にもなったものが多い。そういったものを取り外し、薄手の生地のワンピースのようなものを着て海に入るらしいのだ。そんなものを着ていたら、水を吸い取って、服が重くなりそうなものだ。

ジュードには悪いが、期待外れの情報でがっかりする。

しかも女性は水の中ではスカートが浮遊して足が上まで見えてしまうということで、他人に見られぬよう、貴族が泳ぐ場合は海を区分けして貸し切りにするらしい。

この国では、大人の女性は足を見せることは恥ずかしいことだと教育されるので、一般的なスカートの長さは床上ギリギリの長いもので、若い世代の新しいファッションでも短くて膝下までなのだ。子供はというと、スカートの長さは膝上でも許されている。まだまだ活発な子供は、長いと動き辛いというのもあるようだ。

海を貸し切りにするかどうかは別として、泳ぐのにスカートはちょっとね、と思ってしまう。それに、男性でも女性でも、薄手とはいえ洋服で泳ぐのは、服の重みで溺れるかもしれないことを考えると危ない。

来年の水遊びの楽しみに向けて、ジュードに水着の作製を提案してみようと決心するのだった。

その日、午前は勉強、昼になり庭の木陰でサンドイッチなどで昼食を済ませた私とエメルとカイルは、そのまま木陰でのんびりとしていた。シート代わりの布の上で、エメルとカイルは私の左右に寝転び、私は座って近くの野花を使って花冠を作っていた。ゆるゆると肌を撫でる風が気持ちいい。

作った花冠を自分の頭に乗せる。ちょっと形が歪んで見栄えは悪いけれど、頭に乗せてしまえば見栄えは気になるまい。

「ミリィ、花冠が似合っていますね。すごく可愛いですよ」

「ありがとう、エメル」

今日は男装姿で、髪はカツラではなく自前のボブ頭だが、花冠を乗せても違和感はないらしい。私は二つ花を摘むと、エメルの髪とカイルの髪に一つずつ飾ってみた。うん、エメルもカイルも花が似合う。

カイルが寝たまま私の髪に手を伸ばした。

「本当にミリィの髪はキラキラしていて綺麗だね」

カイルは私の髪が好きらしく、よく触る。

以前、私の髪が短くなったのを初めて見た時は驚いていたけれど、短いのも似合うと笑って言ってくれた。カイルは長い髪というより、私の虹色に輝く髪自体が好きなようだ。

私の髪はとにかく珍しい色だ。ダルディエ領では私とママしか見たことがない。しかし、帝都にも同じ髪の人がいるのを知っている。それはママの姉である。私は初めてママの姉と会った日のことを思い出していた。

◆　◆　◆

私が二歳の頃、ちょうどディアルドがテイラー学園に入学した時期。

私はママと二人で馬車に乗っていた。二人でと言っても、実際は侍女が一人と馬車の外に馬に乗った護衛が二人、ついているのだが。

馬車は帝都の郊外へ向かっていて、庭園の広がる屋敷へ入った。

到着すると、ママは私を抱っこして外へ出る。

「ようこそ、フローリア！　久しぶりですね」

屋敷の前に立っていたのは、超絶の美女。

「……ママ？」

ママと間違えそうなくらい、外見がママにそっくりな女性だった。ママのほうが目が少し垂れ目で、雰囲気がぽわっとしているが、違いといえばそれくらいである。

そのママとそっくりな女性とママを見比べている私を見て、超絶の美女が頬を緩めた。

「なんて愛らしいの！　あなたがミリディアナね」

「ええ、お姉さま。娘のミリディアナですわ」

ママの姉だったのか。似ているはずである。ママと同じように虹色に輝く髪と、オパールのように輝く緑の瞳が美しく、朗らかに笑う姿が印象的だった。

「お姉さま、本当にお久しぶりですわ。去年は会う機会がありませんでしたもの。お元気でしたか？」

「もちろんよ。フローリアも元気そうで嬉しいわ！」

お茶の用意をしているらしく、ママ姉と私を抱っこしたママは移動する。庭園の東屋へ案内され、ママは私を抱えたまま椅子に座った。白を基調とした東屋の屋根はアーチ状に丸みを帯びて、濃いめのピンクのバラが美しく絡み、綺麗だ。

同じく椅子へ座ったママ姉は、私を見て懐かしそうに微笑む。

「ミリディアナはフローリアの小さい頃にそっくりね。ミリディアナ、こちらへいらっしゃい」

ママそっくりの美女に警戒心が生まれるはずもなく、両手を広げられ、抱っこ姿勢万端で受け入れた。

「なんて軽いの！　女の子って、やっぱり小さいものなのね。うちの子は男の子だからか、もう少し重かったわ」

ママ姉は私のほっぺをツンツンとする。やはり大人は、この触らずにはいられないぷくぷくほっぺが気になるらしい。

「ミリディアナちゃんは兄たちに比べても、小さいほうですわ。お腹が弱くて、あまり食べさせられないこともありますし、熱も出やすくて心配ですの」

「そう……、それは心配ね」

ママたちが話をしている間、私はというと、ママ姉の瞳を見るのに夢中である。ママやシオンのように、よく見ると緑の目がキラキラと輝いて宝石のようだ。

「ふふ、なあに？　わたくしがママと似ているかしら」

あまりにも私が顔を見ているから、ママ姉は気になったらしい。

「ママのねぇね？」

「そうよー、ママのお姉さまよー。わたくしティアルナと言うの。ティアママって呼んでね」

「てぃあママー？」

「そうよー、ティアママよー」

ティアママとママはにこやかに笑う。

「本当に可愛いわ。……フローリアに似ているけれど、あの子にも……似ているわ」

「……わたくしもそう思いますわ。この子を見ていると、メナルティを思い出します」

あれ、何だろう。ママもティアママもしんみりとしてしまった。

その後、気を取りなすようにお菓子とお茶とおしゃべりを楽しんだママとティアママのお茶会は、日が沈もうとする頃お開きとなった。

それから、初めてティアママと会って以降、帝都へ行くと、時々ママとティアママに会いに行く。

ティアママは明るい人で、優しくて私は大好きなのだ。

そういうわけでこの日まで、虹色に輝く髪を持つ人はこの国には三人だけだと思っていた。

花冠を作った次の日、お客様が来ているので、ミリディアナも来なさいというパパの言付けを聞き、私は応接室へ向かった。

応接室には両親が先に座って、お客様に応対していた。カイルは不在だったが、カイルを除く兄たちは席に着いたばかりのようであった。そしてお客様、それは男の人でママや私と同じ髪の色をしていた。

(ママの親戚かと思ったけれど、目の色が違う)

髪はママと同じ虹色に輝く綺麗なプラチナシルバーであるが、目は紫色だった。

私が両親の傍まで歩いて近寄った時、ママが口を開いた。

「シャイロ。わたくしの娘のミリディアナです」

「初めまして、シャイロさま。ミリディアナです」

私はスカートをつまみ、お辞儀をする。

「ミリディアナちゃん、わたくしの弟のシャイロです」

(あれ？　やっぱり親戚だったんだ)

シャイロが叔父と聞き、私は心の中で納得していたが、私を見るシャイロは口に手を当て、思わぬものでも見たような表情をしている。

「シャイロ？」

「……は、失礼致しました」

「どうしました？　メナルティに似ていますか」

「そうですね、確かに似ている。ただ、そうではなく」

メナルティという人は、ママの妹、つまり私の叔母に当たる人なのだという。シャイロは私に近づき、片膝を床につくと、片方の手を自身の胸に当てた。

「失礼をお許しください。まさかここであなた様のような方とお会いできるとは思っておらず、無礼にも御身を不躾に拝見しましたこと、お詫び致します」

シャイロの態度が仰々しくて驚く。こんなちびっこに、丁寧すぎるのではないだろうか。

「……シャイロ？」

ママも何か異変を感じ取ったのか、首を傾げた。その後シャイロは衝撃的なことを言う。

「姉上、彼女は神の化身です」

どうして分かったんだろう。確かに、私は神なのだと以前、モニカが話していた。

とはいえ、普段私が『神』であることを意識することはない。今のところ人とは違う特別なことと言えば、前世を覚えていることと、どの国の言葉でも理解できる通訳要らずというくらいであるし、それ以外は同年代の子供と同じようなことしかできない。

自身を神だと知っているからといって、ここでシャイロの言葉に頷けるはずがない。モニカとのことを通して、パパと兄たちは事情を聞いて知っているけれど、ママはそれを知らないからだ。

これはまずい。心配性なママが不安がってしまうのでは。どうにか誤魔化さなければと、パパに助けを求める目を向けると、パパと兄たちが互いに目配せしていたところだった。

聞けば、シャイロは聖職者なのだという。普段から神に仕えていて、神は身近な存在らしい。

神が地上に降りてくると、地上の空気が神にあてられて変わるという。それがシャイロの目には、神の周りの空気に色が付き、輝いて見えるのだとか。高位聖職者であるシャイロは、年に数回神の化身と会話することがあるらしく、私にも同じ空気を感じたとのことだった。

やはりママは戸惑って一瞬心配そうな表情を浮かべたけれど、パパたちがうまく話題を変えたおかげで、いつものふわっとしたママに戻った。

いくらママの弟で聖職者といえど、初対面でいきなり「神の化身」と断言するのはないと思う。私やパパ、兄たちは事情を知っているからこの程度で済んだけれど、知らなかったら「何言ってるの、この人」となると思う。ちょっと空気の読めない人なのだろうか。シャイロは変な人だと、私の脳内でカテゴライズするのだった。

そしてシャイロは一晩ダルディエ家に滞在し、帰っていった。


シャイロが帰って二日後、私は図書室で次に読む本を物色していた。レシピ本や、恋愛小説もいいが、ちょっと違うものが読みたいと思っていると、一冊だけ少し前に出ている本があった。

背表紙には何も書いておらず、興味が沸いてその本を手にする。

表紙をめくると、そこには『グラルスティール帝国と近隣諸国の王家の歴史』とある。

グラルスティール帝国とは、私が住んでいる国である。

歴史書は読んだことがないと思い、少し読んでみることにした。

まずはパラパラと初めから終わりまでめくってみると、途中に絵が挿入されているのに気づく。

もう一度パラパラとめくり、気になった絵のページで止めた。

『ザクラシア王家の血筋は濃いほど、神の恩寵を受けるとされる。その証として瞳や髪は神々しく輝き……』……なんだか、見たことがあるような」

そのページには、目と髪が強調され冠を頭に乗せた男性が描かれている。

ザクラシア王国は、グラルスティール帝国の北にある国で、まさにダルディエ領に国境がある。ザクラシア王国とは友好な関係を築いていると聞いている。

「瞳や髪は神々しく輝く……、まさかね?」

私の髪は虹色に輝くし、緑色の瞳もキラキラと輝くが、これは違うはずだ。私が髪や瞳の色をママから受け継いだのは見た目からも間違いないが、そのママは、たぶんグラルスティール帝国出身だと思う。姉であるティアママもこの国にいるのだから。

「……違うよね?」

さらに本を読み進めるが、瞳や髪のことはこれ以上書かれていなかった。神の恩恵がどうとか、そういったことばかり書かれている。

この本には近隣諸国の一部としてザクラシア王家のことが軽く触れられているだけで、詳しく書かれていないのだ。

本棚の歴史書のところを見ても、背表紙でざっと確認する限り、他にザクラシア王国に関するものはなさそうだった。

「ママに聞いてみる?」

ママはザクラシア王家の人ですか、と。笑われておしまいかもしれないが、このモヤモヤを解消するためにも、私はママのところへ向かった。ところが。

「そうですよ。ママはザクラシアの王女なのです」

ママに軽く微笑まれ肯定されてしまいました。

「ミリディアナちゃんには、まだ言っていなかったかしら？」

「ママが王女さまだなんて、知らなかったの……。じゃあティアママも？」

「そうですよ。でも王女はたくさんいましたからね、何人だったかしら、十二人？　違うわ、十五人だったかしら？　わたくしが結婚した後も何人か生まれたと聞いているから、正確な人数が分からないのだけれど。お父様には側室も多かったですし」

なるほど、ザクラシア王家は一夫多妻制なのか。そんなに子供の人数が多いと、会ったことのない兄妹もいそうなものである。

「先日うちに来られたシャイロさまは？」

「シャイロは王子ですよ。今はザクラシアで聖職者をしています。わたくしとティアルナお姉さまとシャイロは、同じ母から生まれた姉弟なのです」

確かに、みんな似た系統の顔をしている。

「じゃあね、この本のここに書いてある『血筋は濃いほど、神の恩寵を受ける』とか、『その証として瞳や髪は神々しく輝き』とかって、どういうこと？」

「そうですね、これはちょっと難しい話なのですが……」

ママの話によると、こういうことだった。

ママのようにキラキラと輝く緑色の瞳は、ザクラシア王国の言葉で『神瞳』という。そしてママのように虹色に輝くプラチナシルバーの髪を『神髪』という。

まず『神瞳』や『神髪』を持つのは、ザクラシア王国の中でも王家の血筋のみである。それはザクラシア王国の建国による神話が絡んでくる話なので割愛されたが、『神瞳』や『神髪』を持つものが王の血筋の中でも尊いものだというのは、ザクラシア国民なら全員知っていることらしい。

なぜこういう話になるのかというと、王家の血筋といえど『神瞳』や『神髪』を必ず持って生まれるわけではないからだった。ママの弟であるシャイロは『神髪』は持つものの、紫の瞳であるし、建国から時間が経ち過ぎた今となっては、逆に『神瞳』や『神髪』を持って生まれるほうが少ないのだという。では『神瞳』や『神髪』の両方を持っているママやティアママは、さぞ尊い存在なのだろうと思うが、そうでもないらしい。

なぜなら、ザクラシア王国では、男尊女卑が激しく、『神瞳』や『神髪』持っていても女だろう、そう言われてしまう存在らしい。

だから、王家の血筋で一番尊いのは、男で、かつ『神瞳』もしくは『神髪』またはその両方を持っていること、ということになる。

(なにそれ。そんなに男尊女卑が強い国、一生行かなくていいや)

私がそう思うのも無理はないと思う。ザクラシア王族であるママの娘だとしても、女という立場では苦労しそうだと思っていると、ママが変なことを言い出した。

「もしミリディアナちゃんがザクラシア王国へ行くことになっても、恩恵は受けられるから大丈夫よ」

「恩恵？」

これまた宗教的な話で難しいのだが、こういうことらしい。

ザクラシア王国に生まれた国民は、生まれてからすぐに神からの祝福を受ける。王家の人間も同じように祝福を受けるが、それがちょっと特別らしいのだ。王族だけが入れる教会で祝福を受けると特別待遇の恩恵が受けられるらしい。

その一、『特別待遇の祝福を受けた王族』の、その子供には、何らかの理由で祝福を受けずとも、恩恵が受け継がれる。

その二、恩恵を受け継いでいる王族の血筋が、何らかの理由で祝福を受けていなければ、自身の子は恩恵は受け継がれない。

つまり特別待遇の祝福を受けたママの子である私は恩恵が受け継がれているけれど、私自身は祝福を受けていないから、将来の私の子には恩恵は受け継がれないということのようだ。

「その恩恵って何ですか？」

「そうですね、ザクラシアは一年の大半が雪で覆われていて寒いのですが、恩恵を受けると、暖かいのですよ」

「……？」

「難しいわよね。そうですね、例えば……」

ザクラシア王国は本当に寒い。ダルディエ領の冬も寒いが、重ね着をすれば、外で雪合戦だってできるし、散歩もできる。ではダルディエ領で重ね着をして遊べる恰好でザクラシア王国へ行くとどうかというと、それだけでは凍えてしまうらしいのだ。ところが、祝福を受けていれば恩恵が受けられる。そうすると、ダルディエ領にいる時より薄手の恰好でも暖かいらしいのだ。

ちなみに、王家以外の人たちでも、祝福を受けさえすれば恩恵が受けられる。特別待遇の王家との違いは、その恩恵が祝福を受けていない我が子に受け継がれるか継がれないかの違いらしい。

(その恩恵って、魔法の類ではないのよね？)

私はこの世界に魔法はないという認識を持っている。だが、祝福を受けるだけで受けられる恩恵というものには、なにか人外の力を感じる。

(あ、神って言ってたな、そういえば。ということは神の力？)

そうだとしても、胡散臭い。神はそういった不思議な力を与えることができるのか。私も神らしいが、そんな不思議な力は持っていないし、どうもピンとこない。

「ザクラシアに住む民からすれば、身体が暖かいこと以外にも恩恵が関係するところは多いのですが、ミリディアナちゃんがいつか旅行で行く程度なら、暖かいことくらいしか影響はないかもしれないですね」

「他にも恩恵が関係することがあるの？」

「ありますよ。ザクラシアは北国ですが、農業が盛んです。採れる作物は豊富で、北国にありながら農業国家と言われているのには、恩恵が関係しています。他にも細かい部分を挙げるとキリがないくらい、恩恵が関係している国なのです」

なるほど。とりあえず、これ以上はザクラシア国民ではないし、知らなくてもよさそうな情報である。ママに礼を言い、お茶にしようと提案するのだった。

次の日、午前中に勉強をする気にはなれず、私は散歩のために屋敷のある敷地内の庭を歩いていた。敷地はとにかく広く、丘のようになっていて、意外と坂も多いので、いい運動になる。

（今日はどっちに行こうかなー）

目的地を決めず、適当に歩くのも楽しい。こうやって散歩していると、時々影のネロに会うこともあるのだが、この日は残念ながら会うことはなかった。適当に歩いていたが、途中でトイレに行きたくなったため、近くの屋敷に入った。

敷地内には本邸以外にも建物がいくつかある。パーティー用のホールだったり、ご先祖様が何かの用途で建てたよく分からないものだったりと様々だ。私がトイレで入った屋敷は、ご先祖様のどなたかが、母のために作ったものだと聞いている。

何人住めるのだろうというくらい大きい建物だが、本邸に比べると小さく、また家庭的な雰囲気を持つ。手入れはされているが、今は誰も使っていないので、シンとしていた。

トイレから出た私は、少しだけ中を探検してみたくなった。建物の一階を回ってみる。

この建物は、カタカナの『ロ』の字のような形をしていた。中庭があり、そこにはゴロゴロとこの建物には不釣り合いな巨石がたくさん転がっている。その巨石はどれも人間の大人より高く大きい。

中庭から漏れる日の光のおかげで、屋敷内は明るく、暗い印象はない。

（それにしても、あの岩、なんだろう）

素敵な雰囲気の屋敷だからこそ、あの巨石の不釣り合いさが際立つ。それも一つ二つではないのだ。よく見ると、巨石群の中央には、同じく巨石だがちょっと毛色が違う岩があった。周りの巨石はデコボコとした何の形とも言えない形なのだが、中央にある巨石は丸みを帯びている。それが、八個サークル状に並んでいる。

（ボール？　いや、楕円？）

丸みを帯びた巨石の輪郭は、円形というより楕円に近い形をしている。

私は、なぜかあの楕円の巨石が気になって、胸がドキドキする。中庭の中央まで見に行きたいと思うが、なぜか中庭へ出る入口がない。

（今度お兄さまの誰かを連れてこよう）

この時は諦め、私は本邸へ帰ったのだった。

◆　◆　◆

夏休みのために皇宮から帰ってきていたエメルとカイルが最初にダルディエ領を去った。その後テイラー学園に通う他の兄たちもダルディエ領を去る予定であったが、ここで一つ問題があった。

実は今年は双子がテイラー学園へ入学することが決まっていたのだ。先日帝都にいる時に入学試験を受け、見事合格したらしい。それ自体は喜ばしいことであるが、問題はダルディエ領に兄がいなくなることだった。

誰が私と添い寝をするのか。それが兄会議に持ち上がっていた。兄が誰も近くにいなくなるので、私も不安だし寂しい気持ちになっていた。

私も現在七歳、一人で眠れるようになるべきなのだろう。だが悪夢はどうすればいいのか。見たら誰が起こしてくれるのか。

現世では私を殺さないことを約束してくれたモニカだが、私はその後も悪夢を見続けていた。今まで通り七日から十日に一度程度であるが、今でも悪夢を見てうなされると兄が起こしてくれている。

しかし双子までいなくなると、とうとう一人寝するしかない。そう思っていたら、今年に限り、私も帝都へ行くこととなった。エメル以外の兄たちは寮住まいであるが、エメルはダルディエ別邸から皇宮へ通っているので、私も別邸に住みエメルが添い寝するということで解決となった。

では来年からはどうするのかだが、来年はディアルドがテイラー学園を卒業して領地へ戻ってくるため、添い寝問題は解決する。

誰かしらの兄が傍にいた今までの生活がなくなるのかと思い、兄たちが夏休みで全員そろっている間は、寂しくてぐずぐずと兄たちに甘え倒していたのだが、今後も兄たちの傍にいられると聞いて嬉しかった。

添い寝問題は解決として、悪夢について、どうにかモニカに解決してもらえないか、という話が兄会議で上がっているという。

悪夢の解決など、できるのだろうか。私は神らしいが、神らしい何か特別な力は持っていない。モニカも神だけれど、今は私同様、普通の女の子のように見えた。地道に私を探していたところからしても、チート技が使えるとは思えない。

ただ、モニカはグラルスティール帝国に再び遊びに来る計画を立てていると手紙に書いてあったので、その時に聞いてみようということで兄たちと話し合った。

そんなこんなで、テイラー学園に通う兄たちと一緒に、私もダルディエ領を去るのだった。

◆
◆
◆

弟が面会に来ている。

講義の間にある休みの時間にそんな連絡を受け、ディアルドは面会室へ向かっていた。

（エメルか。何の用だろう）

エメルがわざわざ会いに来るとは珍しい。何かあれば手紙を寄越すのに。テイラー学園は帝都の端にあり、ダルディエの別邸からは馬車で四十分はかかる。

面会室の扉を開けると、ディアルドは目を見開いた。窓の外を興味深そうに眺めている少年。

「ミ……ルカ？　どうしてここに」

男装用の名でミリィを呼ぶ。少年の恰好をしたミリィは、ジュードの髪で作った肩より上の長さの金髪のカツラを装着していた。金髪は帝国民としては珍しくはないため、ミリィは自身の髪より目立たないこのカツラを好んで使用しているようだった。

「ディアルド！　お使いに来たの！」

ミリィが包みを見せた。学校の剣術の時間で使う剣である。街へ修理に出していたのだ。普段ディアルドが使う剣は使いやすいよう特注となっていて、学校で使用するのには向いていない。だから学校用に一般的な剣をいくつか作っていたのだが、思ったより脆く、すぐに駄目になってしまうのだ。自分の力をもう少し加減しないといけないとは思ってはいるのだが、どうしてもいつも通りに振るってしまうため、すぐに欠けてしまう。

「わざわざありがとう。でも剣は危ないからね、使用人に任せてよかったんだよ」

いつもなら剣職人や家の使用人が届けてくれるのにと、首を傾げる。

「ルカが行きたいって言ったんだ。テイラー学園を見てみたかったの」

ダルディエ領の街ではないし、あまり一人でウロウロしてほしくないとは思う。ただ嬉しそうに笑うミリィを見ると、普段家にこもりきりなことを不憫にも思う。

「……じゃあ、見学していく？」

だから、ついそんなことを言ってしまった。本来であれば、すぐに屋敷へ帰した方がいいのは理解しているのだけれど。

「いいの？」

ぱあっと輝く表情に、こちらも嬉しくなる。

「将来テイラー学園に通うことを考えている子息のために、いつでも見学できるようになっているんだよ。しかも、今日はルカの恰好だしね」

女の子の恰好だったなら、年齢的に見学はできなかった。女性がテイラー学園に通えるのは十六歳からなので、それより一年ほど前の年齢からしか女性は見学できないのだ。けれど、男性は十三歳から通えるので、見学に年齢制限がない。

「講義も参加できるけれど、俺と一緒に受けてみる？」

内容が分かるはずもないが、こういう見学の目的は講義の内容の理解ではなく、雰囲気を体験することなので問題はない。

「受けてみるー！」

ミリィが乗ってきたダルディエ家の馬車と護衛を帰し、学園に見学の許可を取りつけると、さっそく教室へ向かう。途中で先生に会ったため、講義の参加についても了承を得た。

ディアルドに手を引かれながら、ミリィはわくわくとしながら周りを見回している。

教室に入ると、見慣れぬミリィに学友たちが驚いた顔をしていた。

「うちの末っ子なんだ。この後の講義を一緒に受ける予定だから、よろしく」

間違っても妹とは言わない。曖昧にしておく。

学友たちに一斉に見られ緊張したのか、ミリィはディアルドと繋いでいる手をひっぱると、ディアルドの腕を自身の顔の前に壁のように置き、その隙間から挨拶した。

「ルカルエムです。今日はよろしくお願い致します」

女生徒は「可愛い」と言って興味津々のようだが、すぐに講義も始まるためディアルドは自席へ移動した。少し傾斜のある長机、そして長椅子はふかふかしている。机と椅子は基本的に二人で使う。ディアルドの隣の席のグレイが、ミリィの頭を撫でた。

「ちっこい弟がいるのな！　俺グレイ。よろしくな」

「よろしくお願いします」

人懐っこいグレイに、ほっとした顔のミリィがじっと見上げる。

「俺の顔が気になるか？　南の国の出身なんだよ」

テイラー学園は、国外からの留学生も多い。ウィタノスの兄のエグゼは、トウエイワイド帝国の皇子であるし、グレイも近隣諸国の出身ではないが、南の国の王族だ。日焼けした肌は一目で異国の人間であることが分かる。

その後すぐに講義が始まり、ミリィは内容も分からないはずなのに楽しそうに聞いていた。ディアルドのノートを覗いたり、隣で机の上を散らかしているグレイのノートを見たりしている。グレイは講義そっちのけで手紙らしきものを書いている。留学してまで何をしているんだと思うが、こう見えてグレイは理解力が高く、手紙を書きながらも、たぶん講義も聞いている。講義が終わるまでに書き終えた何枚もの手紙もノートと一緒に机の上に散らかしていた。いつも思うが、どうしてまとめて置かないんだ。

「グレイは何人恋人がいるの？」

「え？」

講義が終わると、ミリィがそんなことを言い出した。

「手紙が三人分。全部違う人宛てだよね。名前が違うから」

「……えっと」

「愛してるとか、君だけに愛を捧ぐとか、待っていてくれとか、夜の君は昼と違……」

グレイは慌ててミリィの口をふさいだ。

女性にだらしないグレイは、手紙でもだらしなさを発揮しているようだ。それはともかく。

「……読めるの？」

口を引きつらせながら動揺するグレイが呟く。

「だって見えるように机に置いてあるのだもの。読んじゃ駄目だった？」

グレイの自国語だと思われる文字で書かれた言葉は、さすがにディアルドも読めない。グレイの国はあまり大きくないし、認知度が低い。もしやミリィはどこの国の言葉でも読めるし話せるのか？

「いや、俺が見えるように置いていたのが悪い。だけど口に出して読まないで」

それはそうだ。周りに女性がいることを考えれば、いろんな女性に手を出していることを知られたくないだろう。もしかしたら、この教室にもグレイが手を出している女性がいるかもしれない。

「あ、ごめんなさい」

周りをキョロキョロするミリィだが、グレイを睨んでいる女性がいる。すでに遅し。

ちょうど昼時であるため、グレイと共に食堂へ移動する。グレイは深いため息をついていた。

「やっぱり聞こえちゃってたかなー」

「同じ教室にも恋人がいるの？　駄目だよ」

「そうだよ、グレイの自業自得。それに教育上良くないから、そろそろこの話――」

「二股みたいに複数恋人がいるときは、それを隠したいなら、手紙とかああいう形に残るもの、送っては駄目なんだよ。いつかそういう手紙から複数人との交際がバレるのだから。同じ教室の恋人にも、いや恋人たちにも、手紙を送っているのでしょう？」

「ルカ⁉」

ミリィの言葉にぎょっとする。

「あ！　今流行りの本にね！　二股とか三股の話がね！」

「またアルトとバルトがそういう本を買ってきたのか！」

てへへと笑うミリィに、グレイがキラキラとした目を向けている。

「そうなんだ⁉　でもなー、遠く離れていると、愛を伝える方法が手紙しかなくてなー」

「もうこの話、終わり！」

ディアルドは無理やり話を切った。教育上良くない！

「ねーねーディアルド」

こそっとミリィが耳打ちする。

「もしディアルドに恋人がたくさんいても、ルカは応援するからね！」

「そんなにいないからね⁉」

どっと疲れが出る。双子に説教再びである。

テイラー学園の食堂は、貴族とはいえ懐事情は各家庭により違うため、好きなものを頼んで、一ヶ月分を後払いする方式である。ミリィの分は、もちろんディアルドの後払いに計上する。

メニューはいつも五種類ほど。コース料理はなくて、メイン料理を選んでパンを付けるか、肉や魚とサラダにグラタンなどが一皿になっているプレートのメニューから選ぶ。人によってはパンのみ、サラダのみを選ぶ人もいる。

ディアルドは肉料理とパンを選んだが、ミリィは一皿料理を選んだ。

グレイと三人で並ぶと、女生徒が数名、同じテーブルに着席する。

ミリィは食事を楽しみながら、ディアルドの肉を見ている。

「食べてみる？」

「うん」

あーんするとミリィは美味しそうに頬張っている。本当はこういったことは、はしたないことにはなるのだが、学生の食堂はそこまで格式ばっていないのであまり気にする者はいない。と思ったら、女生徒たちが熱心にこちらを見ていた。

「ディアルドにはミニトマト二つあげるね」

トマト、特にミニトマトはミリィが嫌いな野菜である。笑ってしまいそうになるが、指摘するとむくれてしまうかもしれないので、黙ってトマトをあーんしておく。

するとこちらを見ていた女生徒たちが今度は赤い顔をした。なんなんだ。

その後、食事を終えたディアルドがミリィのためにデザートを持って戻ってくると、女生徒たちとグレイが話をしていた。

「そうなのです、東の国から菓子職人を呼んでいますの。花の形や鳥の形など、お菓子が可愛くて。楽しみにしていらしてください」

「へー。鳥の形とは珍しいね」

「そうなのです。食べるのが惜しいくらい可愛らしいのですよ。栗餡や芋餡というもので作るらしいのですが」

「栗餡？」

栗餡に反応したミリィが、興味津々で女生徒の話に入った。

「ええ。ルカルエムさんも興味がありまして？　遠く離れたトウエイワイド帝国では、餡子というものを使ったお菓子をよく嗜んでいるそうですのよ」

「餡子……」

デザートを食べている最中なのに、ヨダレでも垂れそうな表情をしている。

「もしよかったら……ルカルエムさんもお茶会にいらっしゃいませんか？　先日、ディアルドさまには残念ながら断られてしまいましたが」

確かに断った。お茶会の誘いは多いため、厳選しないとこちらが疲弊する。それにディアルドには生徒会の仕事や、ダルディエ家としての仕事、騎士としての訓練などやることが多いのだ。

「俺、お茶会は禁止なんです」

ミリィのしゅんとした表情に罪悪感を覚える。

ミリィはこれまでウィタノスに狙われていたので、兄会議でお茶会は当分禁止だと決まったのだ。しかし現在ウィタノスの件はとりあえず解決しているし、保護者付きなら参加してもいいかもしれない。

「……断った立場で申し訳ないけれど、俺とルカもお茶会に参加させていただいてもいいかな。用事があるので、少し遅れるのだけれど」

「まあ！　もちろん大歓迎ですわ！　ディアルドさまが参加されれば、みなさま喜びます」

ミリィの表情がぱあっと華やぐ。

「いいの？」

「俺が一緒だから、いいよ。餡子が食べたいのだろう？」

「うん！　ありがとう、ディアルド！」

ミリィが喜ぶなら、なによりである。急遽週末のスケジュールを変更する必要はあるが。

昼食後、生徒会室へ寄り少し仕事を片付ける間、同じく生徒会役員のジュードがミリィをずっと抱えていた。ジュードとミリィが並ぶとそっくりだと、他の役員がわいわい騒いでいた。

それからジュードがミリィを連れていこうとするのを阻止し、また午後の講義を一緒に受ける。最後の講義が終わり、課題提出のために先生のところへ行く間、ミリィには廊下で待ってもらっていた。課題を提出して廊下へ出ると、ミリィは三人の女生徒に囲まれていた。何やらその雰囲気が良いものとはいえず、さっとミリィを抱え上げた。

「何か用ですか」

「な、何でもありませんわ！」

慌てて三人は去っていく。知った顔の女生徒だが、ディアルドは好きではなかった。

「何かされた？」

「ううん。大丈夫」

じーとミリィの顔を確認するが、怖がっているふうではない。とはいえ後で確認しなければ。

その後、伝書鳩にて家に迎えを寄越すよう連絡し、生徒会室へ向かう。

まだ誰もいない生徒会室で、お茶とお菓子を用意する。チョコレートを口に入れるミリィの横に座った。

「さっきの三人に何を言われたの？」

「えっとねー、ミリィをお茶会に呼んでやるから、ディアルドと来いって言ってたよ」

ディアルドは眉を寄せた。急遽参加することになったお茶会の件を誰かに聞いたのだろう。ミリィが参加したいと言えばディアルドが参加するらしいとでも、噂になっているのかもしれない。

「行かないって言ったら、怒っちゃった」

「あんなの、気にしないでいいからね」

「うん、大丈夫」

本当にミリィは気にしていなさそうなので、この話はここまでにしておく。とはいえもう二度と、あの三人の主催するお茶会に参加することはないことが確定したが。

「お昼のお姉さんのお茶会ね、栗餡があるって言ってたね！」

栗好きなミリィは、マロングラッセやマロンケーキが好物なのだ。栗餡を想像するだけで笑み崩れている。

「そうだね。だけどミリィは餡子を食べたことあった？」

ウィタノスの住む遥か遠い東の国、トウエイワイド帝国のお菓子は、ディアルドさえ数回ほどしか食べたことがないのである。

「あ」

ミリィは少し困惑の表情で何かを口にしようとするが、また口を閉じる。

「どうした？　言いづらい？」

「うん……変な子って言わないでね？」

「言わないよ」

「……前世でね、餡子が好きだったの」

「前世で？」

「現世では食べたことはないのだけれど、前世で好きだからたくさん食べたの。だから想像すると美味しい味を思い出すというか」

「なるほどね。じゃあ思い出と今回のを食べ比べしてみないとね」

ぱっと笑ったミリィは、「思い出すとヨダレがでるの」とニコニコしている。可愛い。

「ミリィ」

「うん？」

「これからも前世の話は、俺たちには言っていいんだよ。誰も変な子とは思わないから。それよりも隠されると、ミリィが困っているのかと思って心配するからね」

「……うん！」

誰も変な子なんて思わないのに、嫌われるかもしれないという恐怖があるのだろう。そんなことは絶対にないと、ミリィが気にしなくなるまでディアルドは言い続けようと決心する。

「それと気になったことをもう一つ」

「なあに？」

「ミリィは国外の言葉、全部理解できるのかな」

「あ、そうなの！　それ言おうと思ってたの。ただ前世の記憶があることとは関係ないとは思うのだけれど」

「どういう意味？」

「前世では、自国の言葉しか分からなかったよ。英語とか勉強したもん」

英語？　外国語のことだろうか。

「前世の記憶があることと関係はあるのじゃないかな」

「どうして？」

「ウィタノスに殺された後に転生した場合は、いろんな国の言葉が理解できる可能性もある」

「……あ！　そう言われると、そうかもしれない」

これまで見た殺された夢を反芻でもしているのだろう、考え込んでいる。

「まあ言葉が分かるのは便利なだけだし、何も気にする必要はないと思う」

「そうかな？」

それからミリィの言語能力の件については、ディアルドがジュードとシオンと双子に、ミリィがエメル、父上に話すこととなり、迎えの馬車の時間になったため、ミリィを屋敷へ帰した。

週末。

自身の用事を済ませ、ミリィと共に予定のお茶会へ向かう。

「ようこそいらっしゃいました、ディアルドさま、ルカルエムさま」

「遅れて申し訳ない」

「まだ始まったばかりですわ。お気になさらないで」

花や植物が綺麗に配置された温室が今日のお茶会の会場だった。温室の中に用意されたテーブルに、ずらりと学園の知った顔が座っている。

初めは席が決まっているようだが、後にいろんな人と会話を楽しめるよう立食式に切り替えるのだろう。テーブルから少し離れたところで、トウエイワイド帝国の菓子職人がすばらしい技を披露していた。招待してくれた令嬢が話をしていたように、花や鳥、りんごの形など、器用に餡子で作っていく。提供する分はもともと作っていたようで、今作ってみせているのは目で楽しませるためのものらしい。

目の前に用意されたお菓子を一口食べたミリィは、「おいしーおいしー」と小声で言いながら、とろけた顔をしている。その表情が可愛くて、ついこちらも笑ってしまう。

餡子の説明で、栗餡、芋餡、大豆餡、小豆餡などが紹介されていた。砂糖の甘さだけではなく、使われている素材の甘みが感じられて確かに美味しい。小さめの餡子を一通り食べ終わると、あとは好きなものを言えばお代わりができる。

「栗餡と芋餡……おかわりしていい？」

食べすぎるとお腹を壊すミリィが心配ではあるが、ここで駄目だと言えば、それはそれでしゅんとするだろうから口にできない。

「少しならね。たくさん食べすぎてはだめだよ」

「うん！」

お菓子の一つ一つは大きくないので、少しくらいなら大丈夫だと判断する。

予想通り途中で立食式へと変更し、それからはみな、思い思いに話をしだした。ディアルドも話しかけられ、ミリィには座って席を動かないように言い含める。本人は栗餡に夢中なので、二つ返事だった。

そんなミリィを見ながら、グレイが口を開いた。

「ディアルドは弟には甘々だなー。新しい発見」

「俺は誰にでも優しいと思うけれど」

しれっと返す。

「表向きはなー。みんなその笑顔に騙されていると思う」

「グレイも人のことは言えないだろう」

「俺のは本当の笑顔だもん」

「その裏に何を隠しているのやら」

グレイとは付き合いが長いからこそ、知っていることも知りたくなかったこともある。

「今回ルカを利用して、うまくディアルドを引っ張り出せた、みたいな噂になっているよ」

「みたいだね。二度目はないよ」

今後ミリィが欲しがるなら、餡子くらい用意してあげられる。

今回はたまたまこうなっただけで、今後ディアルドが関わる事でミリィを利用しようとする者がいるなら、それ相応の対応をする予定だ。

「それにしても、にっこにこして食べて可愛いな。ディアルドでなくとも、あれは可愛がるわ」

「そうでしょう」

ディアルドが食べすぎるなと言ったものだから、フォークでちびちびと小さく切りながら食べている姿が、またいじらしくて愛らしいのだ。自由奔放な弟をたくさん持っていると、素直な子が余計に可愛く見えるというものである。

その後お茶会はお開きとなり、なんと主催の令嬢がミリィに栗餡のお土産を用意してくれた。ディアルドに向けての働きかけの意味もあるだろうが、喜ぶミリィを見られたので、今度この令嬢にお礼をしようと考える。

帰りの馬車の中で、ミリィが栗餡の箱を開けたいというので、開けていいよ、と許可をすると、栗餡を一生懸命数えていた。

「二十個もある！」

嬉しそうなミリィには可哀想だけれど、一応釘を刺しておく。

「全部ミリィが食べてはだめだよ」

「え⁉」

「一度に全部食べるとお腹が痛くなるかもしれないからね」

「毎日ちょっとずつ」

「腐るから、三日以内には食べようね。そうするとミリィ一人では食べきれないでしょう」

ショックを受けた顔で固まった。

「……エメルとカイルお兄さまにも、あげるぅ」

「そうだね」

ミリィは少し半泣き気味である。そんなに美味しかったのか。

可哀想だが腐ったものを食べてしまう可能性のほうが怖い。一応、屋敷に帰ってから家の者にも伝えよう、そんなことを決心するのだった。

◆　◆　◆

平日の昼間、本来であれば今日は皇太子宮へ遊びに行く予定だったのだが、朝起きたら私に熱があり、取りやめとなった。特別なお菓子を用意してくれるとカイルが言っていたので楽しみにしていたが、仕方がない。エメルはいつものように皇太子宮へ行っている。

温室に簡易ベッドを用意し、隣には侍女が座っている。部屋で一人で横になるのは寂しいので、明るい温室に準備してもらったのだ。その侍女は、私が時々持ち歩くハンカチに刺繍をしていて、私はそれを眺めていた。

現在帝都に両親はいないけれど、私には楽しいことがいっぱいだった。

テイラー学園にも遊びに行けたし、思いがけずディアルドとお茶会へ参加し、栗餡や芋餡など、餡子が美味しかった。

カイルが皇太子だと知ってから、時々皇太子宮へ遊びに行っている。最初は緊張したけれど、遊びに行ってみれば、私は顔パスだった。入口でチェックしている者は私を知っていたし、カイルから私が来たらすぐに通すように通達があったようだった。

エメル以外の側近という人も一人紹介された。ソロソ・ル・バレンタインと言って、バレンタイン伯爵の三男だそうだ。エメルやカイルとは違い、よく話す明るい人だった。年齢はエメルやカイルと同じ十一歳である。

それから、アカリエル公爵家へも遊びに行った。シオンが週末を利用してアカリエル公爵家へ行く時に、一緒に連れて行ってもらうのだ。もうすぐ一歳のオーロラがとにかく可愛くて、ぷくぷくだった。ほっぺは触るのがクセになるし、腕の関節や足の関節のぷにぷにも良い。

アカリエル公爵夫人に確認したのだが、今もノアとレオを妹を可愛がるように洗脳中とのことだった。相変わらずなのだなと、少し生暖かい目で公爵夫人を見てしまいそうになるが思いとどまる。

なぜかといえば、公爵夫人の同類となってしまいそうなことを、私も実は企んでいるからだ。まず、うちの兄妹についてだが、現在誰が何と言おうと兄たちはシスコンだと思うのだ。そして、いつも可愛がられている自覚がある私は、やはりブラコンなのだ。兄たちが大好きだもの。

他の家の兄妹事情は分からないが、この世にブラコンシスコンがどのくらいいるのだろうか、ということである。兄妹愛にあふれる家は多いだろう。友達のような関係の兄妹もいるだろう。だけどうちのような仲の良すぎる兄妹とはどのくらいいるのだろうか。最近ちょっと気になっているのだ。

ブラコンシスコン仲間がいると、安心するでしょう？　であればアカリエル家の子供たちをブラコンシスコンにしてしまえ！　これが今私が企んでいることである。

分かっています、自分勝手な私の言い分だということは。

ということで、オーロラにはまだブラコンを教えるのは無理なので、それはおいおいやっていくとして、今の内からノアとレオをシスコンにするべく、公爵夫人に乗っかる形で布教活動を始めました。

そういえば、先日遊びに行った日に驚いたことがあった。つかまり立ちをして、もうすぐ歩けそうなオーロラが、ソファーに自身でよじ登って降りてを繰り返す遊びをしていた。その時、足が床に付く前に滑って転げそうになったところ、オーロラが急に浮いたのである。驚いていると、浮いたままのオーロラが移動してノアの腕に降りた。

「オーロラ、危ないよ」

オーロラはきゃあと喜び、再びノアから降りてソファーに向かっている。まだ昇り降りしたいようだ。

オーロラを浮かせたのはノアだった。ノアは念力という天恵を持っていたのだ。そして、レオも念力が使えるという。シオンとは違った天恵だが、普段から訓練もしているらしい。いろんな天恵があるのだなと勉強になる。

それから、ジュードと共に来年に向けて水着の開発に取り掛かった。週末に時々帰ってくるジュードと話し合いの最中ではあるが、試作品が出来たら、来年は湖で試しに水着を着て泳げるかもと、楽しみでならない。

勉強したり兄たちと遊んだりと、思ったよりも充実した日々を過ごし、気づいたら冬目前になっていた。

第二章　末っ子妹は巻き込まれる

冬となり、今年はテイラー学園の兄たちより早く冬休みとなったエメルがダルディエ領に帰るというので、エメルと一緒に私もダルディエ領に帰ってきた。

帝都はまだ雪が降るほどの寒さではなかったけれど、ダルディエ領ではすでに雪が積もっていた。そんな冬のダルディエ領の街にエメルと買い物に出かけた。私は男装をして、髪は自前のものである。エメルにお金の使い方を教えてもらっているのだが、聞いているとさすが貴族と思えるようなやり方だった。

高級なお店で何かを買う時は、「公爵家へ請求してね！」これだけである。基本的にお店の人は私たちを公爵家の人間だと知っているから顔パス。要は公爵家へのツケ。後にまとめてお支払いするのだ。

公爵家の人間じゃない人が「公爵家にツケといて」はもちろんできない。だから顔パスができるように、予め挨拶回りをしておかないといけないのだ。でないと、公爵家の人間なのに、ツケができないことになってしまう。

こういうものは信用問題で、たとえ貴族だとしても支払い能力がないとバレていると、購入を渋られてしまうのだそう。それは恥ずかしいことなのですって。

中規模から小規模のお店であれば、支払いは付き人や侍女、護衛などの使用人が行う。つまり、貴族は財布を持たないのだ。一緒に付いてくる使用人の信用は大事ですね。場合によっては、使用人がちょっとずつ、ネコババする場合もあるのだとか。

自分で支払いをしたかったのだけれど、まずはやり方を覚えるためにも、護衛に財布を持ってもらっている。

ちなみに、前に双子に聞いたのだが、双子はよく街へ買い物へ行っていたけれど、支払いは自分たちでしているそう。これは公爵家の令息が買うものではありません！　などと怒られるのが嫌なのだろう。じゃあお金は誰に貰っているのかというと、家令兼執事のセバスが管理しているらしい。今日街に行くから用意しといて、という言葉で用意してくれるらしいけれど、少額とは言っているものの、双子の少額っていくら？　怖くて聞けない。というより、お金を使ったことのない私は初心者中の初心者なため、聞いても分からないのだが。

高級なお店には興味がないため、今連れてきてもらっているのは、庶民的なお菓子や素朴なお茶菓子が売っているお店で昔からある老舗らしい。色とりどりの可愛いアメ、クッキーやカラメルが並んでいて、目移りしてしまう。

「好きな物を選んでいいですよ」

「じゃあ、このアメとクッキーにする！」

「私はこっちの焼き菓子にしようかな」

いつの間にか『僕』が『私』になっているエメル。

護衛が支払いをするのを待ち、外へ出る。寒いこの季節、店の中は暖かいが、外は雪で真っ白だ。

買ったお菓子が嬉しくて両手で紙袋を持っていると、雪で滑ってしまった。

「危ない！」

間一髪で、尻餅をつく前に護衛が助けてくれた。さすが反射神経がいいですね。

「大丈夫ですか、お嬢さま」

「ありがとう。でもお嬢さまじゃないのよ、ルカって言ってね」

「……申し訳ありません、そうでしたね」

外出時、男装の場合はルカルエムのルカで統一しているのである。普段はお嬢さま呼びなので、慣れないらしい。

「ルカ、手を繋ぎましょう。また滑るかもしれませんし」

「うん」

それからエメルと手を繋いで本屋と文房具が売っているお店に寄り、その日の買い物は終了した。

今度は一人で物を買うのに挑戦してみよう、そんなことを思いながら、買ったお菓子を堪能するのだった。

◆　◆　◆

肩より少し下まで伸びた虹色のおかっぱのようなボブ頭を揺らし、男装姿の私は、今日は護衛を連れて街へ遊びに来ている。先日エメルに買い物の仕方を習ったので、今日はさっそく自分で購入までやってみようと思ったのだ。目的は本屋である。

最近はすぐに本を読んでしまうので、本屋で新しい本を仕入れて帰るのが楽しみだった。双子が時々買ってきてくれる恋愛本は、私には買う勇気がない。だから私が買おうと思っているのは、南にある国の童話である。これがなかなか面白いのだ。

無事に本を買うことができ、買った本は店の人に公爵家に届けてもらうお願いをした。まだ時間があるから他のお店を見て回ろうとしていると、にぎやかな音が聞こえた。

「あれ何？」

「明日から広場で行われる冬の催し物の準備ですね。冬は客足が悪くなるので、客の呼び物として時々行われるんですよ」

「へぇ！　催し物には行ったことがないから、行ってみたい！」

現世にクリスマスはないけれど、前世で言うクリスマスマーケットみたいなものかもしれない。

「旦那様にお願いしてみてはいかがですか？　公爵家からも準備に人を手配しているはずですよ」

「そうなの？　準備しているの、少しだけ見てみてもいいかな？」

「よろしいですが、危ないので端の方で見てみましょう」

「うん」

催し物のための小屋やテントの準備に、ざわざわと人の声や物音が行きかう。まだ準備の段階のはずなのに、試作品でも作っているのだろうか、甘い良い匂いが風に乗ってやってくる。

「わぁ……！　美味しそう！」

匂いだけでヨダレが出そうになる。どこで作っているのだろう、匂いの元を辿るように足早に進む。

「お嬢、ルカさま！　あまり先に行かないでください！」

そんな護衛の声が聞こえたような、聞こえなかったような。とにかく匂いの元へ、そう意識が先に向かい、人々が行きかう中を縫うように歩いていく。

「ルカさま！」

少し離れたところで、護衛が叫ぶ。

「あ！　たぶん、あの店だと思う！」

護衛に叫び返した。店の前に人々がわらわらと集まっている。いい匂いが増す。もう少し。

子供というものは、目的にしか意識がいかないものなのだろうか。

あともう少しでいい匂いのお店、というところで、横から手が伸びた。

「えっ――」

伸びた手は、私の口を布で覆う。その手の主を確認する間もなく意識は飛んだ。


揺れる揺れる。眩暈《めまい》がしているのかと錯覚する、それ。

（……船？）

意識が朦朧としているが、その揺れには前世で乗ったことのある荒れた海の船を思い出す。

帝都へ行く時に乗る船は、川だからかこんな揺れはなかった。

(まさか海?)

そう思うものの、揺れが気持ち悪くて考えがまとまらない。

「うぅぅぅ」

猿ぐつわを噛まされているのか、言葉にならない声が漏れる。

「ちっ、起きやがったか。もう少し寝てろ」

涙目で前が良く見えない。何かを嗅がせられ、また意識が遠のいた。

そしてどれくらい時間が経過したのか、気づいたら馬車に乗っていた。目の前には態度の悪い男。

「ああ、目が覚めたのか坊ちゃん。かなり寝てたなあ」

ニヤニヤ笑いの男は、私の全身を舐めるように見ている。

今は猿ぐつわを口にはしていなかった。けれど、手には拘束具が付けられている。

「ここがどこか気になるか? 悪いなあ、教えられないんだ。そもそも、俺が何を話しているか分からないだろ?」

何を話しているか分からないとは、どういうことだろう。

「ま、あと三日三晩走れば王都に着く。そこで俺の雇い主に聞いてみろや。どうして誘拐したんですか? ってな! ははははは!」

やはり誘拐されたのか私は。背中に汗が流れていく。誘拐の雇い主は誰なのだろう。

「神瞳の少年を捕まえてこいって依頼でな? まさか、いないだろうと思ってみれば、本当にいるんだもんな。こういうのってさあ、王家の落ち度じゃあないの？　何で他国に流出してるのかね？　こんなんだから、今回の国王は神のご加護がないとか言われるんだぜ」

私に聞かれたところで意味が分からないと思っているのか、男はペラペラと話をしている。

（このおじさんの話だと、私はザクラシア王国にいるのかな。神瞳の少年ってことは、シオンを狙っていたの？）

ということは、このまま女だとバレないようにしたほうがよさそうだ。何を話しているのか分からない、というのは、私にはザクラシア語が分からないはず、ということだろうか。

しかしザクラシア語どころか、他国の言葉をなぜか全部理解できるのが私だ。生まれた時から母国グラルスティール帝国語が分かったように。

「そういえば、坊ちゃん寒くないよな？　王の血筋だもんな？」

理解できないだろう、と言う割には、この男普通に話かけてくるな。何を言っているか分からないフリをしているほうがいいだろう。

王の血筋というのは、ママの言っていた神の恩恵の話に繋がるのかもしれない。私にはザクラシアの神の恩恵がママから遺伝しているようなもので、ザクラシアでは暖かいのだとか、どうとか。

（うーん、ママの話、もう少しちゃんと聞いておけばよかったかなぁ）

馬車の窓の外を見ると、ダルディエ領より雪深い。私の今の恰好では寒そうに思えるが寒くない。確かに、恩恵の影響があるのだろうか。

それに、もう一つ気になるのは、この馬車の揺れである。すごく揺れが少ない。私は普段馬車で酔いやすいのだが、この馬車では今のところ酔っていない。どういう作りなのか、馬車の窓から下を覗くが、真下は見えなかった。

「逃げる算段でもしてんのか？　坊ちゃんには無理だぜ」

（違うもん）

なんだろうな、実はちょっと落ち着いてきている。この男の話から、少なくとも、すぐに殺されることはなさそうな気がするからだろうか。

（パパとママとお兄さまたち、心配しているだろうな）

せっかく護衛を付けてくれていたのに、私が甘い匂いにつられたせいで護衛から離れてしまった。

（護衛のせいではないもの。怒られてなければいいけれど）

はあ、とため息をつく。それと同時に、ぐうとお腹が鳴った。そういえば甘い匂いのもの、食べ損ねたのだった。

「そういえば、何も食わせてねぇんだった。二日近く経てば、腹も減るよな」

（……はい？　二日!?）

誘拐されてから二日経ったという意味だろう。

（嘘でしょ）

よく分からない薬で眠らされていたが、二日も気を失っていたとは。こんな子供に強い薬を盛りすぎだろう。

「ほらよ。干し肉だけど、まあまあ美味いんだぜ」

少し躊躇したが、ありがたく貰うことにする。お腹が減っては、なんとやらである。

干し肉は固いが、確かにまあまあ美味しい。塩辛いしお酒に合いそうな味付けだが。

(甘いものが食べたいなあ)

干し肉を少しずつ食みながら、どうやってこの状況を打破しようか考える。私一人では、どうしようもない。協力者が必要不可欠だ。実は一つの案をさきほどから試しているのに返事がない。

(シオンー、返事してー)

いつもなら、これですぐに返事が来るのに。心は落ち着いているが、シオンの返事がないことに、涙が出そうだった。絶対泣くもんか。この男の前では。その意地だけが、今の私を保っている唯一のものである。

(お腹が空いているから、泣きそうになるんだ)

干し肉をしっかり噛んで腹を満たそう。そう自分に言い聞かせながら、進む馬車の窓の外を眺めるのだった。


(お風呂に入りたい)

男の言う通り三日三晩馬車に乗り続け、先ほど急に目隠しをされた。それから感覚的には一時間くらい経過した頃だろうか、人に抱えられ馬車から降ろされた。そして抱えられたまま移動し、今いる部屋はどこかの豪邸の一室である。

本当に三日三晩走り続けるとは思わなかった。何度か馬を代えたものの、寝るのも食べるのもずっと馬車の中。兄たちがいないので夜寝るのが怖くて、赤ちゃんの頃のように久々に昼寝で対応した。馬車の外へ出られるのは、トイレの時だけである。

そして、馬車が揺れない原因が判明した。なんと馬車だと思っていたものは、馬ソリだったのである。サンタクロースが乗っているやつの、トナカイではなく馬バージョン。ソリといっても人間が乗る部分は馬車のように箱型で屋根はあるけれど。雪国って、こういうものに乗るんだなあ、と面白かった。

そんなこんなで昼も夜も走り続けること三日、やっと着いたこの豪邸は誰の家だろう。

目隠しは外され、手に拘束具があるとはいえ、私が暴れも騒ぎもしないからか、逃げる警戒もしていないようで、私以外に部屋に誰もいない。

部屋の家具は金を使っているものが多く、すごくキラキラとしている。結構な金持ちのようだ。

ドアが開き、私を連れてきた男と、三十歳より少し若そうで偉そうな男が連れ立って入ってきた。

「……なんと、これは神髪ではないか？」

「そうなんですよ。まさか神瞳と神髪を両方持つ坊ちゃんがいるとは、俺も思っていませんでした」

「よくやった！　これは少し計画を変えねばなるまい。ふむ、しかし思ったより小さいな？　十代ではないだろう」

「それが神瞳の子が何人かいるようで。街の住人の話では末っ子が双子らしくて、たぶんこの坊ちゃんが、その片割れでしょう」

「まあいい、神瞳と神髪、両方揃っているから褒美は弾もう」

「ありがとうございます！」

この偉そうな男が雇い主だったようだ。呼びつけた使用人に報酬を指示すると、私を攫った男は部屋から嬉しそうに去っていった。部屋には私と雇い主の二人。

(すごく見られているなぁ)

上から下まで、じっくりと私を観察している。

「……これはいい買い物をした」

間違いなく頭の中で、私を上手く使う計算でもしているのだろう。

「……メナルティに似ているな」

ママもティアママも同じことを言っていた。私はママの妹メナルティに似ていると。雇い主は一瞬だけ懐かしそうな表情を浮かべ、すぐに偉そうな表情に戻る。

「私はクォロ公爵と呼ばれている」

「……」

「……まさか言葉が分からないのか」

あ、まだ独り言だと思っていた。それに馬ソリの中では一言もしゃべらなかったので、しゃべらないことが普通になってきてしまっていた。

ここでは言葉が理解できないフリをするより、話をして情報を得た方がよいだろう。

「分かるよ」

「……ほう。ザクラシア語が分かるのか。さすが血筋というべきか」

血筋は関係ない。しかしそれを言ったりはしないが。

今意識すべきは私は男だということ。このクォロ公爵とやらに性別がバレてはいけない。

「俺はルカルエム。クォロ公爵、俺はなぜここに連れてこられた？」

「それはまだ教えることはできない。しかし生活は保障しよう。しばらくはこの後案内する部屋を出ることは許さないが、これから教える勉強を頑張れば、いずれ贅沢三昧だ」

「勉強？」

「ああ」

クォロ公爵は腰を折り、私の傍まで顔を寄せた。

「ルカルエム、君にはいずれ、この国の頂点に立ってもらうつもりだ」

クォロ公爵はニヤっと笑うと、腰を戻した。

そしてドアへ歩みを進めるが、こちらを向きもせず言葉を残した。

「ああ、そうそう。この屋敷の庭には獰猛な犬を飼っていてね。逃げようと思うのはやめておいたほうがいい」

そしてクォロ公爵は部屋を出て行った。これ以上説明をする気はないらしい。

それからやってきた使用人に案内され、私はこれから住むことになる部屋へ移動させられた。

◆
◆
◆

その日は学園が週末の休みだったため、ディアルドはたまたま帝都のダルディエ別邸へ戻ってきていた。帝都の街で必要な物を買い揃え、その帰りに寄っただけだった。

別邸の家令に用事があり待っていると、その家令が慌てて近寄ってきた。いつも冷静沈着な家令が珍しい態度だと思っていると、小さな紙を渡された。

「旦那様から緊急の連絡です」

「緊急?」

紙には走り書きでこう書かれていた。

『ミリディアナが誘拐された。手の空いている影とネロを緊急帰還させせよ』

「は?」

なんだこれは。見たくない文章だった。

「いつのだ、これは!」

「たった今、伝書鳩にて届いたばかりです。おそらく六時間ほど前に起きた出来事かと」

何がどうなっている? 情報が少なすぎる。

「ネロは?」

「今ちょうど手すきで、本日はシオンさまとアカリエル公爵家へ行っています」

「シオンと共にネロも呼び戻せ。それと空いている影の人数は」

「本日戻ってきた者がおりますので、三名ほどかと」

「その三人を招集。それとジュードとアルトとバルトにここまで緊急呼び出しをしてくれ」

「かしこまりました」

シオンが髪を使って長距離でも会話ができると聞いて、自分の髪も渡しておけばよかったと後悔する。そうすれば、すぐにシオンとネロを呼び出せたのに。

ディアルドの頭の中は、ミリィのことでいっぱいだった。どうやって誘拐された？　家の中か？　外か？　外なら護衛がいたのではないのか？

この状態で学園に帰ってもどうせ集中できない。ディアルドは招集した影とネロと共にダルディエ領へ帰ろうとすでに決めていた。

父は影とネロだけ送るように言ったのだろうが、それを大人しく聞いていられるほど大人でもない。初めて学園をサボることになるが、もうどうでもよかった。

そして、ディアルドが戻るならジュードと双子も戻ると言うだろう。シオンはディアルドに関係なく戻るだろうが。

「ディアルドさま、準備は馬車ではなく、馬でよろしいですね？」

さすが優秀な家令である。こちらの思考は読めているらしい。

「ああ、九頭頼む。それと、今このことを知っているのは、お前だけだな？」

「さようでございます」

「では、このまま箝口令を敷く。この件が解決するまで誰にもけっして口外するな」

「かしこまりました」

準備をするために部屋へ移動するのだった。


アカリエル公爵家の一室で、シオンは床に倒れ込んでいた。額に汗が浮き出ている。

天恵の才能を伸ばすには、それ相応の訓練が必要である。だからこうしてアカリエル公爵家まで出向いて訓練しているわけだが、この訓練がなかなか精神的に疲れるのだ。

（あー苦しい）

「疲れてそうだねぇ」

「ネロはいいよな、楽そうで」

「俺はただの手伝いだもん」

先ほどまで天恵の師範がいたが、あの人はあの人で忙しい。仕事が入ったとバタバタと出て行ってしまった。やり方さえ分かれば、あとは自分の問題な部分が大半なので構いやしないが。

「シオンさーん、母上がお菓子をいただきませんかと言っていますが、どうしますか？」

ドアの向こうから顔を出したのは、アカリエル公爵家の長男ノアである。腕に小さな赤ん坊を抱いていた。妹のオーロラだ。

「いただく」

「食べる食べるー」

ネロは両手を挙げて答え、オーロラの元へ走っていく。

「大きくなったねぇ！　お嬢を思い出すなぁ」

オーロラははち切れんばかりの頬をぷくぷくさせ、指をしゃぶっていた。シオンもオーロラへ近寄り、ついその頬を触ってしまう。

「しぃぃ」

「シオンだ。言ってみろ」

「しぃぃぃ」

一歳のオーロラは、なぜかシオンが気に入っているらしく、「シオン」のつもりでいつも呼ぶのだ。両手を出すと、ノアの腕からオーロラがこちらへ来ようとする。

「あー、シオンさん！　その手、ずるいです。今俺が抱っこしているのに」

「オーロラが俺を呼んだからだろう。ほら」

すでにこちらへ移る体勢のオーロラには文句を言えないようで、ノアはしぶしぶオーロラを渡す。にこっと笑うオーロラは、可愛いのは間違いない。ネロの言うようにミリィの小さい頃を思い出す。頬だけでなく、腕や足など赤ちゃん特有のぷにぷにがたまらないのだ。

部屋を移動すると、そこには公爵夫人とレオがお菓子とお茶の前に座っていた。

「お疲れ様シオン。お菓子で休憩しましょう」

「はい」

「さ、オーロラ、こちらへいらっしゃい」

オーロラは夫人の言葉にふいっと顔を逸らした。嫌だと言いたいらしい。

「本当にオーロラはシオンが好きねぇ」

「いいですよ、俺が抱いていますから」

シオンとノアとネロも席に着いて、お茶でゆったりとした時間を過ごす。普通はネロはこういう席には着かないものだが、アカリエル公爵夫人は身分関係なく一緒に食べたい人なので問題ないのである。

その時、使用人が入室してきた。

「シオンさま、ダルディエ家から急ぎの遣いが参られていますが、お呼びしてもよろしいですか」

「急ぎ？　呼んでくれ」

気を使ったのだろう、公爵夫人はオーロラをシオンの膝から引き取った。

そこへ遣いが部屋へ入室する。

「どうした」

「これを急ぎ、シオン様へお渡しするようにと」

小さいメモだった。すぐに開封して読むと、全身に鳥肌が立った。

『ミリィが誘拐された。ネロと急ぎ帰れ』

シオンの緊張感が部屋中にピリっと充満する。オーロラが身をこわばらせてシオンを見ていた。

（ミリィ！　聞こえるか！　ミリィ！）

どれだけ声をかけても、ミリィの反応がない。

シオンが落としたメモをネロが拾う。それにさっと目を通して顔色を変えた。

「シオン坊ちゃん、すぐに帰ろう。……お嬢、反応ないんだね？」

「……」

シオンはすぐに部屋を出た。

「あっ、もう！　すみません夫人、緊急事態で失礼しますねぇー」

「ええ」

そんな声が遠くで聞こえたが、構っていられない。遣いが使っていた馬を奪うと、すぐにネロが後ろに乗った。急いで馬を走らせる。

（ミリィ！）

まったく反応がない。帝都とダルディエ領で何度もやり取りしているから、この距離で話ができないはずないのに。気を失っているのか？　それとも——

嫌な予感を振り払う。

早くダルディエ領へ戻らなければ。


ミリディアナの父、ジルが護衛から娘が消えた話を聞いたのは、その日の昼前だった。朝から娘と護衛は街へ出かけており、二時間で戻るはずだった。

平謝りする護衛の処分はいったん保留である。まずはそのいなくなった娘を探す方が先決だ。

護衛の話だと、冬の催し物の準備をしている場所で甘い匂いにつられ、娘がその匂いの元へ急いでいたという。雪が積もっているため、普段ならば寒い街を行きかう人はそこまで多くないはずなのだが、催し物の準備中で人が多かったのが災いした。しかも特に人が集まっているところへ娘は向かい、小さな体は人々の隙間をするすると抜けて先に行ってしまったという。

それでも声をかけるとすぐに娘の声が返ってきて、直後にその店の前に護衛が到達したらしい。なのに、先にいるはずの娘がいない。最後に娘の声が聞こえてから、店まではほんの十秒ほど。その数秒間に娘は忽然と消えたという。

当然護衛は娘を捜したし、催し物の準備ためにダルディエ公爵家から人を出していた関係で、すぐそばに護衛の同僚がいたという。協力してもらい探したが、娘は一向に見つからない。その同僚にはまだ探してもらっているが、護衛は娘が消えた報告のために、ここにやってきたのだ。

すぐに娘捜索のため、街へ人を投入した。また影も数名配置し、情報収集へ向かわせる。それと同時に念のため、一番最速の伝書鳩を帝都へ飛ばす。ネロが必要になる可能性があるからだ。もし途中で娘が見つかったなら、また伝書鳩を送ればいい。

しかし、また伝書鳩を送る事はなかった。情報収集に向かわせた影から、娘らしき子供が不自然に馬車に乗せられた姿が目撃されていたという情報が入ったためだった。引き続き影は、その馬車がどこに向かったのか探っている。

これはもう誘拐確定だろう。

しかし、その日は新しい情報は上がってこなかった。

フローリアに黙っているわけにもいかず慎重に話をしたつもりだが、フローリアは寝込んでしまった。

当然ジルは寝られるわけもなく、執務室で雑務をこなそうとするが、まったく進まない。そして執務室には部屋で寝ろというのにエメルがソファーで寝息を立てていた。何かあれば、ジルのところに一番に情報が来るのは分かっているので、ここで待つと言って聞かないのだ。

そして、誘拐と分かった次の日の朝方、影が音もなく部屋へ入ってきた。

影の話によると、娘を誘拐したと思われる馬車はダルディエ領の東にある港へ向かったという。その港にあるホテルの一室に入った後、部屋を出ていないとホテルの従業員は説明したらしいが、入ってみれば部屋はすでにもぬけの殻だった。支払いもせずに消えたらしい。

その部屋には元々娘をさらった男とは別の男が入室していた。しかしその男の親戚だと名乗る男が、息子が途中で寝てしまってと、白銀に近い髪の女の子のような男の子を抱えてやってきたという。追加料金は払うからと言われたため、部屋に男と子供を通した。しかし影がホテルを探って、その部屋に到達した時点で、その部屋の男二人と子供はすでにいなくなっていたという。

頭が痛かった。これでは、そこからどこに行ったのか分からない。男二人は特に特徴もない普通の男らしい。

港には漁業を営む者、運送業や国外への行き来のある船の関係者、ホテルなどがあって、人の行き来が多い。港のホテルを利用したのは偽装で、そこから国内のどこかへ移動しているのならまだいい。一番問題なのは、そこから国外へ出られた場合である。

影たちは引き続き娘の行方を追っているが、それ以上有力な手掛かりを得ることができなかった。

唯一の頼みの綱はネロである。今こちらに向かっているはずだが、どれくらいで到着するだろうか。どんなに飛ばしても馬では三日近くかかるだろう。それだけあれば、誘拐実行者は娘をどれだけ遠くへ連れ去っているだろうか。

娘のことは唯一の女の子で末っ子、そして体が弱いこともあり、かなり甘やかしているのは自覚している。いつも寂しがりで甘えたがりだが、実は我慢強くて泣かない子だった。娘のことだ、誘拐されても泣かないのかもしれない。きっとジルたちが助けてくれると、希望を持っているだろう。それでも、怖くないはずがないのだ。見知らぬ人間に囲まれ、何をされるか分からないのだから。

早く助けてあげなければ。そして早く無事な姿の娘を、この腕に抱きしめなければ安心できない。

それからやはり何も情報がないまま二日が経過し、やっと帝都からネロが帰ってきたと思ったら、ディアルドとジュードとシオンと双子までいた。

「なぜいる？」

「ミリィが誘拐されたと聞いて、そのままのうのうと帝都で講義など受けていられませんよ」

それはそうだとは思いつつ、ため息がでる。

「それで、状況はどうなっているのです？」

分かっている全てを話した。情報が港で止まっていることに、みな狼狽している。

「シオンがミリィと連絡できないみたいなんです、ずっと」

ジュードがシオンを見ながら苦悩する。シオンはほとんど寝ていないと思われる瞳を鋭くしながら頷いた。

「こんなことはなかったのです。先日も帝都とダルディエ領でやりとりしていて、この距離で連絡がつかないことなんてない。なのにここ三日近く、まったく連絡がつかない」

ここまで連絡がつかないことは、何を示しているのか。三日も気を失っているのか。ずっと寝ているのか。もしくは、最悪の状況か。ここに来るまで、息子たちはその想像ばかりしてきたのだろう。

確かに変である。他に考えうるとすれば、帝都とダルディエ領より離れた距離にいる可能性、もしくは……

そこまで考えて、はっとした。

「まさか……」

「父上？　何か思い当たる節が？」

「ザクラシア王国かもしれないな」

「ザクラシアですか？」

「それならシオンが連絡がつかないのも、ありえるかもしれない。そういえばネロはどうした」

「それが、ここに着いた途端いなくなって」

「いるいる！　今ここに到着！」

緊張感のない声でネロが手を挙げた。

「あれはどうした」

「分かっているって。今取りに行っていたとこなんだから。はい、これでしょ」

ネロは机の上に緑色の小さな宝石を置いた。すると、その宝石はひとりでにズズズと少しずつ動くのである。

「何これ」

子供たちがそれを興味深そうに見た。

「共鳴石だよ。お嬢のと対のやつ」

「共鳴石？」

「お嬢が左耳に着けているでしょ、ピアス。あれだよ。赤ん坊の時、お嬢が地下に落ちちゃったこと覚えてる？　あの後すぐに取り着けたんだよ、備えのつもりで。使わずに済めば、よかったんだけどね」

「……そういえば、ネロが着けてたの思い出した」

「あ、あの時、シオン坊ちゃんがいたんだっけね？　俺、複数共鳴石を持ってるからね、ここに戻ってこないと、お嬢のは取りに来れないんだ」

「持ち歩けばいいのに」

「馬鹿言わないでくれる？　共鳴石は、いつでも共鳴してしまうから持ち歩けないんだよ」

ネロは地図を広げると羅針盤を使い、地図を固定する。そして共鳴石を置いた。

「……うん、やっぱり閣下の言うように、ザクラシアかもしれないね」

「間違いないの？」

「うん、ほぼ。ザクラシアの向こうに別の国がなければだけど」

ジルたちの常識では、ザクラシア王国の向こうには海が広がるだけである。ただ、今それを議論しても仕方がない。シオンが連絡できないと言っていることからも、娘がザクラシア王国にいるだろうということは間違いなさそうだ。

「ザクラシアへ行く。準備をするぞ。お前たちも行くのだろう」

「もちろんです」

本当は息子たちは連れて行きたくないのだが、ことザクラシアに限っては、ジルよりも息子たちの方が役に立つかもしれない。

「シオンがミリディアナと連絡できない件については、道中に話そう。そういえば、ここまで二日ほどでよく着いたな？」

「馬を変えつつずっと走らせましたから。さすがに夜は危ないので止めましたが、少しでも明るいうちはずっと」

「そうか」

シオンの肩を軽く叩くと、指示を出すために家令を部屋に呼ぶのだった。

◆　◆　◆

部屋に案内された私は、まず中にあるものを確認した。

ベッドのある広い部屋があり、机も用意されている。続き部屋が二つあり、一つはバスルーム、もう一つはトイレだった。

(この部屋から出るなと言いたいのね)

食事や服など、必要なものは都度運んでくる予定なのだろう。最低限トイレと風呂、ベッドが揃っているため、部屋から出なくても生活できる。部屋から出さないぞ、というクォロ公爵からの意思表示だと受け取る。

ベッドの横のテーブルにはベルが置いてあったので、私は早速それを鳴らした。

やってきたメイド、もしくは侍女だろうか、その女性使用人に風呂の用意を頼む。

(とにかくお風呂に入りたい)

気を失っていた二日、そして馬ソリで移動の三日、計五日風呂に入っていないのである。毎日風呂に入っていた身として、すでに限界だった。

実は、平民であればお風呂に三日程度入らないのは一般的である。国によっては水は貴重であるし、この世界の女性は長い髪を風呂のたびに洗うわけでもない。貴族であれば毎日入る人もいるが、それでも髪は毎回洗わないものだ。

ただ前世日本人で毎日風呂に入っていた私からすると、毎日お風呂に入らないなんて考えられない。髪だって毎日洗いたい。そういう部分は、うちはママがいたから、それが異質には映らないのがありがたかった。ママは風呂好きである。私も時々使わせてもらっているが、ママは毎日うちにある温泉に入っている。なんで温泉があるんだろうと思っていたが、ママがザクラシアの王女だったかららしい。

ザクラシア王国は温泉大国でもあるらしく、国のいたるところで温泉が出るのだとか。だから平民も温泉に入る習慣があるらしい。その温泉好きなママのために、結婚した時に、パパが作ったのだ。最初はただの大きい風呂の予定だったのだが、まさか温泉まで掘り当てるとは驚きだが。

不本意とはいえ、せっかくザクラシア王国へやってきたのだから、その名物の温泉に入りたいものだ。だが、なんせ今の私は男の子なのだ。まだ幼児で凹凸のない身体の子供とはいえ、見られたら性別がバレてしまう。

だから、ここでお風呂に入るときも気を付けなければならない。いつもであれば、侍女にお風呂に入れてもらい、洗ってもらい、拭いてもらい、と至れり尽くせりだが、ここではそうもいかない。

風呂の準備が整うと、予想通り私の風呂を手伝おうとやってきた使用人を追い出した。

「俺は親しくもない使用人に体を触られるのは嫌いなんだ。自分で洗えるから出て行ってくれ」

「そんな、困ります！　お世話をするように、言付かっておりますのに」

「では、あとで髪の毛くらいは拭かせてやる！　それまで、外で待機していろ」

シオンのように命令してみたけれど、どうだろうか。男の子のように見えただろうか。

命令されてやってきただけの使用人には悪いが、どうしても性別を知られるわけにはいかないのだ。

（いくら普段一人でお風呂に入ったことがないとはいえ、前世では自分でやってたんだから！　できるはず！）

しかし、風呂に入るのは、思った以上に難しかった。バスタブの側に石鹸のようなもの、何か液体が入っているものが数種類、どれも何が入っているとは書かれていない。使用人にシャンプーやトリートメントとか聞いておけばよかったと後悔するが、いまさらだ。少量手にとっては確認し、あとは勘である。

四苦八苦しながらなんとか風呂を済ませ、用意されていたタオルでふき、服を着る。

(あー気持ちよかった。やっと人心地つけるわ)

とにかく体が痒い気がして気持ち悪かったのが、すっきりする。

ただ問題は、髪の毛だ。肩より少し下まで伸びた髪の毛は、今はぐちゃぐちゃである。今まで侍女がどういう手順で手入れしていたのか、任せっきりで見ていなかったツケがこんなところで回ってくるとは。

とりあえず、風呂も入り服も着たので、あとは使用人に任せようと呼んだ。

呼ばれた使用人は、私の髪を見て、悲しそうな顔をした。

(ごめんね……)

あとで髪を洗う手順くらい聞いておこう。

それから、使用人が苦労したおかげで、髪の毛は綺麗に整えられた。

すると、待ち構えていたように、昼の食事が運ばれてくる。

(良い匂い)

お腹は空いている。けれど、食べてもお腹を壊さないか心配だった。見たことのない料理が並んでいるのである。なんせすぐに腹痛を起こす身体である。私を連れ去った男が馬ソリでは干し肉ばかり寄越すから仕方なくそれを食べたが、あれもお腹が痛くなって大変だった。

しかしいつまでここにいることになるか分からない以上、ここで出る食事に少しずつ体を慣らしていくしかないだろう。

パンを少し、そして肉料理を少し、そのように少しずつ料理を口にする。ザクラシア王国の料理は、どうやら塩分が少し高めのようだ。全て塩辛い。

「今度から、もう少し薄めの味付けにしてくれ」

「かしこまりました」

これくらいの注文なら問題ないだろう。

食事が終わると、使用人は出て行った。「今日は予定がないためここで休むように」というクォロ公爵の伝言を残して。

結局、案の定あれからトイレに数度籠る羽目になった。料理のどれかが私に合っていなかったのだろう。

落ち着いた後、ベッドで休むついでに昼寝でもしようと横になるが、眠れない。知らない場所で緊張しているからだろうか。しかしそうではない。

(よく考えたら、昼寝を一人でしたことなかったわ)

夜は悪夢を見るため兄がいないと寝られず、昼は昼で侍女やママに傍で見守られて、もしくは三尾に添い寝してもらいながらしか昼寝をしたことがないのだ。自分がすごく甘やかされているのを、改めて確認してしまう。

攫われた時でさえ、男が同席していたから寝られただけなのだ。だが。

（これはヤバイかもしれない？　この部屋誰もいないのに）

私は夜どうやって寝る気なのか。昼寝もできないとなると、昼夜逆転もできないのだ。それに悪夢を見た時に起こしてくれる人も必要である。

（夜寝るとき、使用人を呼ぶ？　添い寝してくれって？）

いやいや、おかしいだろう、それは。

うーんうーん、と悩んでいると、窓の外でカサカサと音がしているのに気づく。

「あれ？」

わんこがおる。獰猛そうな顔の犬が五匹。なぜか窓の前で整列してこちらを見ている。

（さっきまでいなかったよね？）

窓の前まで移動し、わざと窓の右から左へ、また左から右へ移動してみると、犬の顔が私の移動に合わせて動くのである。

（ガン見してる。監視されているのかな？）

クォロ公爵が言っていた、獰猛な犬とはこの子たちだろう。

（まさか、窓突き破ってきたりしないよね）

鍵が掛かっているのか心配になり、窓が開かないか確認するために取っ手を下へ押す。

「うそ」

窓が開いた。鍵が掛かっていなかった。開くとは思っておらず、そのまま窓が開けられていくに連れられ、寄りかかっていた私はそのまま窓の外の地面に突っ伏した。

（食べられちゃう！）

ぎゅぎゅぎゅっと目を瞑るが、何も衝撃がこない。

（……あれ？）

少しずつ目を開けて上を向くと、犬が私を囲んでいた。しかし襲ってくる気配はなく、首を傾けていたり、手を舐めてきたりしている。これはどちらかというと。

（心配されている？）

恐る恐る犬の頭を撫でる。すると気持ちよさそうにするのだ。尻尾を千切れんばかりにぶんぶんと振っている。顔は確かに獰猛なのだが、実は優しい性格なのか。

（うちのパパみたい）

獰猛に見えて優しいなんて。そう考えると、犬が可愛く見える。

「クォロ公爵が言ってた犬って、君たちのことではないみたいだね」

獰猛な犬が他にもいるのだろうか。犬と戯《たわむ》れながら、あたりを見渡す。

窓の外は雪深い。部屋は暖かかったが、やはり外は部屋の中より寒い。風呂上がりに薄手の部屋着を着ているだけでは、この外の雪の中では寒いはずなのに、思った以上に寒くないのだ。ひんやりはするが。

（恩恵って、便利ね）

これなら、この薄着でも外をウロウロできてしまう。

こうなると、少しだけ外をこっそり見回ってみようという気になるのも無理はない。犬を放し飼いにしているからか、警戒している兵や騎士もいない。

手始めに、隣の部屋らしき窓から、中を覗く。

(誰もいないな。窓も開かないし)

入れない部屋には用はないので、次の部屋の窓もまた同じように試してみる。

そんなことを、複数の窓で試していたとき、同じように窓に鍵は掛かっていたものの、中に人がいることに気づく。相手は私より少し年上に見える少年だった。しかもこちらに気づいており、驚いた顔で見ている。

身振りで窓の鍵を開けてほしいと頼むと、少年は戸惑いながらも開けてくれるのだった。

「君、だれ?」

「俺はルカルエム。君は?」

「ヴィラル」

青白い顔色のヴィラルは、蜂蜜色の髪と菫を連想する紫色の瞳を持つ、儚げな少年だった。

今は昼だが、ヴィラルはベッドに座って本を読んでいたところらしい。寝巻を着ている。

「病気?」

「そうだね、体調はよくない」

「じゃあ、ベッドに戻ろう」

私はヴィラルの背中を押し、ベッドの中の元居た場所に座らせる。そして、ちゃっかり私もそのベッドの上に乗った。

「ルカルエム、君はなぜここにいるの？」

「ルカでいいよ。クォロ公爵に連れてこられたんだ」

「連れてこられた？」

「君はクォロ公爵の息子？」

「違うよ。クォロ公爵は僕の後見人のようなものなんだ」

後見人か。ということ、この子は親がいないのだろうか。

「連れてこられたって、どういうことかな？」

「誘拐されたんだ」

「誘拐⁉」

ヴィラルは驚きと戸惑いが混ざったような顔をし、そのまま考え込みだした。

「……もしかしたら、僕の身代わりのつもりなのかもしれない」

「どういうこと？」

その時ヴィラルは、はっとして言った。

「人が来る。ここに隠れて」

ベッドの中に慌てて入った私は、息を殺した。

「お加減いかがでしょうか、陛下」

「問題ない」

「それはようございました。こちら、午後のお薬です」

「置いておいてくれ」

「かしこまりました」

がちゃがちゃと物を動かす音がしばらく続き、使用人が出ていく気配が過ぎた後、ヴィラルはほっと息を吐いた。

「もう大丈夫だよ」

そろりと布団から顔を出し、じっとヴィラルを見た。

「……ヴィラルって、もしかしてザクラシア王なの？」

「一応ね」

まさかザクラシア王が、こんな少年王だとは思いもしなかった。

「さっき言っていた身代わりって……」

「王の代わりだよ。僕の体は壊れ気味だから。それに君は神髪神瞳だし」

「……ヴィラルは何かの病気？」

「みたいだね。もうずっと、長い時間起きていることができない。最近、血を吐くことがあるから、もう長くないとクォロ公爵は考えているのかもしれないいな」

自分のことなのに、淡々と話すその姿は子供らしくなく、またどこか他人事を話しているようでもあった。

布団から起き上がり、ヴィラルの前に座り、両手で彼の顔を包む。確かにヴィラルの顔には生気がない。今にも倒れそうである。

おでこに手をやると、微熱がありそうだった。

「ヴィラルは兄妹は？」

「いるよ。姉が二人」

「王を代わってもらえないの？」

「無理だろうな。女性だもの」

やはり男尊女卑が激しいのか、ザクラシアは。

「ヴィラルは女性が王なのは嫌なの？」

「え？　……考えたことなかったな。どうだろう、女性は家にいるものだし、他家に顔も出すことがない。王の仕事など無理じゃないかと思うのだけれど、僕みたいに病気でクォロ公爵任せにしているくらいなら、女性のほうがいいのかな」

「それは……女性が王でも構わないってこと？」

「そうだね。僕はいいと思う。クォロ公爵や他の国民は許さないだろうけれど」

ヴィラルは少し疲れたのか、座っていたのを横になり、ベッドの枕に深々と体を預けた。

「僕が死んだら、姉が次の王になるなんてことはないよ。たぶんシャイロ叔父上かクォロ公爵か、あとはメレソォ公爵あたりの誰かがなるだろうと思ってた。君を見るまでは」

ヴィラルは私の髪と瞳をじっと見る。

「ルカのように神髪神瞳の人を見るのは初めてだ。いつもどちらかが欠けているものだし、僕のようにどちらも持っていない者が王になることも多い。君こそクォロ公爵の息子ではないの？　神髪神瞳の君がいれば、次の王には間違いなく君が一番近いと思う」

やはり王になる条件の優先順位には、神髪神瞳が強く影響するようだ。

「あんなおじさんがパパなんて嫌だ」

嫌すぎて顔が歪む。私のパパは、パパがいい。

「さっきシャイロさまの名前が出ていたね。叔父上って言っていたけれど、シャイロさまの兄妹がヴィラルのパパかママ？」

「僕の父は先王ジェラル。シャイロ叔父上の兄だよ」

「同腹の？」

「そうだよ」

ということは、ママとシャイロとジェラルは、同じ母から生まれた兄妹ということである。

「なあんだ、だったらヴィラルと俺は、いとこだね。俺のママはフローリアっていうんだ」

「……え!?　まさかルカはグラルスティール帝国から誘拐されてきたの？」

「そう。びっくりだよね」

「……」

ヴィラルは落ち着こうと息を吐いた。

「……それだけ、クォロ公爵が焦っているということなのだろう。僕の死期はそこまで迫っているようだ」

すると薬を飲まなければならないことを思い出したのか、起き上がると薬を包んだ紙を開く。

「それ、いつも飲んでいるの？」

「うん。一日二回」

なぜか心がざわつく。ヴィラルは病気なのだから、薬を飲むのはおかしくないのだが。なんだか怪しい薬のような気がするのだ。

ヴィラルが薬を口に持っていこうとするのを見ていたが、口に入る直前で彼の手を握った。

「それ、飲まないとどうなるの？」

「どうって？」

「すぐに体調が悪くなっちゃう？」

「……いや、そんなことはないけれど」

「じゃあ、その薬、数回分を俺が貰っていい？」

「……えっと」

「そもそも、この薬いつから飲むようになったの？」

「……六歳くらいかな」

「それって何年前？」

「三年前。今九歳だから」

「へぇ！　俺よりお兄さんだね！　俺は七歳」

ヴィラルは儚げなせいでもう少し幼く見える。

「俺もよく熱が出るし体が弱いんだけれど、ヴィラルも小さい頃からそうなの？」

「ううん、僕は、七歳頃からよく体調を崩すようになったんだ」

「だから薬を飲みだしたんだね」

「うん。……いや、違うかな。それより前から飲みだした気がする」

「それより前って？」

「僕が王位についたのは四歳なんだ。それからクォロ公爵が世話をしてくれてはいたんだけど、僕はまだ子供で、次の跡継ぎができるまでは体力がいるからって。子供の体づくりに必要なものだって言われて飲むようになった気がする。でもこの薬じゃなかったかもしれない、もう少し甘かったような」

記憶があいまいなのだろう。ヴィラルは思い出そうと眉をよせていた。

それを聞いて、ますます怪しい薬な気がする。私がヴィラルの代わりかもとヴィラルが言っていることもあり、何かしらクォロ公爵が仕込んでいる可能性がある。

「やっぱり、この薬、数回分だけ俺にくれない？」

「……クォロ公爵が僕に何かしているかもしれないってこと？」

「しているかもしれないし、していないかもしれない。それを確かめたくない？」

ヴィラルは静かに考え込む。

「いいよ。そうしよう。飲んでも飲まなくても、僕の先は長くないもの」

悲しい結論を自ら導き出したヴィラルは、その薬を私に渡した。

私はベッド近くのテーブルに置いてあった紙へ、薬の中身を移すと、薬を包んでいた紙は元の場所へ戻す。そして、移し替えた薬を紙で丁寧に包む。

「これは俺が預かる。また薬を持ってきたら、今みたいに薬は移し替えて、飲んだふりだけしてくれる？」

「うん、分かった」

それからヴィラルと少し話をし、私は私に用意された部屋に戻ろうと窓を開けようとする。

「ちょっと待って、ルカ」

「なに？」

「ここへ来るとき、外に犬がいなかった？」

「いたよ」

「……追いかけられなかった？」

「ううん？　いい子いい子してって頭を差し出すから、撫でてあげたよ」

「……そっか」

ヴィラルは何か困惑している。

(確かにあの犬、怖い顔してるもんね。性格が優しいとは思いづらいもん)

「じゃあ、俺が行ったら鍵をしてね」

「うん」

「またね」

行きと同じ場所を通りながら、私は急いで部屋へ戻った。

犬が部屋の中に入らないよう注意しつつ、部屋に誰もいないのを確認する。

持ってきた薬はどこかに隠さなければならないが、使用人が掃除してしまえそうなところには隠せない。とりあえず机の引き出しを引き出しごと取り出し、薬をその奥へ押し込めた。そしてまた引き出しをはめ込む。

(これでいったん安心)

ふらふらとベッドへダイブする。

(情報過多だなあ)

ヴィラルはいい子だった。死期が迫っていると本人は言うが、どこかその死が作為的な感じなのを否定できない。クォロ公爵がとにかく怪しいのだが、私も囚われの身。頼るものがなくて、心細い。ヴィラルの件もどうにかしたいと思っても、私に何ができるのか。

(薬を飲むのはやめさせたけれど)

これが正しいとは限らない。もしかしたら、本当にただの薬かもしれない。

枕に顔を埋め、もんもんとしていると、声が聞こえた。

「え!?」

(……リィ!　ミリィ!)

(シオン!)

懐かしい声を聞いた。ここ数日、聞けてなかった大好きな兄の声。

（ミリィ！　聞こえるな⁉）

（聞こえるー！　よかった！　シオン、嬉しい！）

じわじわと涙が出る。

（元気なのか？　体調は？　怪我はないのか？）

（うん、どこも悪くない。ミリィは元気よ）

止まらない涙を、顔ごと枕に押し付ける。

（ごめん、ずっと心細かっただろう）

（うん。シオンの声が聞きたかったの。どうして聞こえなくなったの？　体調悪かった？）

（違う。ミリィ、今ザクラシア王国にいるな？）

（どうして知っているの？）

（俺も、今ザクラシアにいる）

「え⁉」

つい驚いて声が出てしまった。

（本当に？　もしかして迎えに来てくれた？）

（当然だろ。俺の妹を連れ去ったやつ、殺す）

ああ、シオンだなあ。殺伐としたセリフなのに安心してしまう。

（どうやら、ザクラシアの国境に見えない何かがあるらしくて、話が出来なかったのは、それのせいらしい）

（うん？）

（いいよ、分からなくても。それより、今どこにいるか分かるか？）

（あ、それ聞けばよかった）

（え？）

（ううん、こっちの話。たぶん、王宮だと思うの。ザクラシア王のいるところ）

ヴィラルに聞けばよかったと思いつつ、しかしザクラシア王がいるのだから、十中八九そうだと思うのだ。

（ということは、王都だな。分かった、いったん会話切るけど、いいか？）

（また連絡してね）

（ああ。今は連絡できるから。ミリィからも連絡できるからな）

（うん。早くみんなに会いたい）

（分かってる。すぐに行くから、待ってろ）

そのままシオンの声はしなくなった。

私はシオンと連絡できたのが嬉しくて、それとホッとしたことで、しばらく涙を流しながら笑うという器用なことをするのだった。

◆　◆　◆

結局、息子たちが到着した日は、夕方だったこともあり、ザクラシア王国へ行くための準備で終わってしまった。明日のために休息も必要である。

困ったことにエメルも妹を迎えに行くと言ってきかず、どこかにしばりつけておくことも考えたが、結局連れていくこととなった。エメルも妹が心配で仕方ないのだ。安心できるまでは何も手に付かないだろう。

娘を誘拐した犯人が使ったと思われる港は、ジルたちは使わないことにした。犯人たちが使ったのは、ダルディエ領の東にある港で、そこから海を北上し、ザクラシア王国の東にある港に到着する経路だと思われた。しかし、その経路だとザクラシア王国へ近づくにつれ海賊が出やすい海域を通ることになるのだ。犯人は海賊と繋がっている可能性もあり、彼らがすんなり通れたとしても、ジルたちはそうもいかないだろう。

そこで、ダルディエ領の西、隣の領にある港ルピから北上し、ザクラシア王国へ入る計画にした。

次の日、ジルと息子、それに護衛騎士と影は屋敷を出て港ルピを目指した。ルピまでは馬で一日半走り続けた。港では知人が待っていた。寒い地域でのみ使用する梟便にて、先に色々と頼み事をしていたのだ。

知人は、ルピからザクラシア王国の港エベラに向かう船の席を準備してくれていた。

ルピに到着した日の昼に出発した船は、次の日の昼にエベラに到着した。

そこは極寒の地だった。ダルディエ領も冬は寒いのだが、それの何倍も上を行く寒さ。屋敷で準備していた防寒着を着こんだが、それでもまだ寒い。

ところが、こんな寒い思いをしているのは、ジルと護衛と影だけらしい。息子たちは薄手の服なのに平気な顔をしている。

「寒くないのか」

「ちょうどいいです」

ディアルドが申し訳なさそうに言う。フローリアの血は、問題なく息子たちに引き継がれているようだ。

ザクラシア王国の神の恩恵の話は、本で読んだのと、フローリアに話を聞いたくらいで情報は多くない。まずは極寒の地ザクラシアの国民が、暖かく暮らしていけるのは恩恵のお陰である。そして、フローリアは王家の特殊な恩恵を受けているため、子供たちも同じ恩恵を受けられる、ということだ。それを目の当たりにしている今、恩恵のありがたさを感じる。ジル自身にはその恩恵はないが。

それとシオンの天恵がミリディアナと通じなかったことについてだが、フローリアに変な話を聞いたことを思い出したことから仮説をたてた。

ザクラシア王国はとにかく閉鎖的な国で、はるか昔から国盗り合戦ではなく、自国を守ることだけを重視している。ザクラシア王国と国境を接する国は、我がグラルスティール帝国と、ザクラシア王国の東にあるフローエ王国のみ。昔、国盗りに興味のないザクラシア王国に攻め入ったフローエ王国は、逆に返り討ちにあったという。

負けたフローエ王国は、その補償として渡す金がなく、国の一部をザクラシア王国に渡した。その一部は現在のザクラシア王国の最東の地にあるが、その地方のみ、元はザクラシア王国ではなかったがために、神の恩恵が受けられないという。どういうことかというと、ザクラシア王国内であると神にはみなされていないため、作物は育たない、暖かくもない、他の恩恵も何もない。ただの元のフローエ王国の一部の環境のままなのだという。

ジルたちには見えない、神の保護のような範囲が明確にあるらしい。それが後から国の一部となった元フローエ王国の土地以外の、建国当時からのザクラシア王国の国境をぐるりと囲んでいるとフローリアは言っていた。

つまり、シオンの天恵が娘と繋がらないのは、ザクラシア王国にある国境の見えない壁のようなもので遮断されているからではないかと思った。

その話について海を渡る船の中で息子たちにしたのだが、ザクラシア王国に到着すると、その仮説が正しかったのではないかという出来事があった。

シオンが娘と連絡できたのだ。

ほっとした。元気そうだったと聞いて、ジルは寒いことなど大したことではないと思った。

娘はザクラシア王のそばにいると聞いて、目的地は王都となった。

ここからは誰の協力も得られない。すぐに王都へ向かう準備をしなければ。

教会の高位聖職者のみが入ることを許される一室。

シャイロは胸に手を当て、深々と頭を下げ待っていた。あの方を。

「やあやあシャイロ、二日ぶりかな」

「いいえ、四ヶ月ぶりです、ゼイナフさま」

「あれ？　そんなに経っていた？　本当、人間の時間感覚って、早すぎて嫌になっちゃうな」

何もない空間に現れた神ゼイナフは、そっと地に足をついた。

「おや？」

「……どうなさいました？」

シャイロではないところへ顔を向け、わずかに笑う。

「いいや。それで？　報告を聞こうか」

神ゼイナフとのやり取りは、ただの定期的な業務報告に終始する。十年以上このやりとりは続いていて、慣れたものだ。神ゼイナフは神といいながらも極めて人間的である。途方もない年月を過ごしているはずだが、時々お茶目で時々恐ろしい。

「ふむ、いつも通りってところだね。他に何か問題はある？」

「今のところはございません。……ああ、そういえば、先日アエロの呼び出しに応じなかったと伺いましたが」

「ええ？　そんなことあったかな。私も忙しいからね、そうほいほい人間のお願いを聞いてばかりいられないよ。シャイロのように、私が空いている時に来るのを、察知して待っていてくれないと」

そうなのだ。この神ゼイナフは気ままで、こちらに降りてこようと思い立ったが吉日というばかりに、急にやってくる。おかげで、シャイロはいつでも察知できるようになったが。

「それならば、私の提案しました通り、アエロの職位の順位を下げてもよろしいのではないですか？　いつまでも同列一位がいるのでは、混乱を招きますし」

「今はこのままでいいでしょう。そのうち君は王宮に戻るもの」

「それ、いつもおっしゃいますが、そう言われはじめて、かれこれ七年近く経っておりますよ」

「でも、そろそろだと思うんだよなあ」

「それも毎回おっしゃいますよね」

神ゼイナフはじーっとシャイロを見ている。いったい何が見えているのだろうか。

「ところで、温度はどお？」

「……残念ながら、少しずつ落ちております」

「やっぱり器じゃないのかねぇ、あの少年王は」

思い浮かぶのは、兄の残した唯一の息子。最後に見たのは、一年ほど前だったか。せっかく抜け出した王家と関わりたくなくて、病に侵されているあの少年を、クォロ公爵に任せっきりにしてしまっている。

「どうにかなりませんか」

「やだなあ、それについては私はザクラシアから頼まれてないよ。知っているでしょ」

女神ザクラシア、本来なら、ここにいるべき神は、何百年もやってこない。神ゼイナフは女神ザクラシアの双子の兄で、ただ頼まれて引き継いでいるだけなのだ。

「他には何もないっていうなら、私は帰ろうか。せっかく懐かしい子を見つけたからね。みんなと酒を飲む時のいい話題ができたよ」

「懐かしい子ですか」

「私の兄弟でね。遊戯に出てしばらく経つけど、どこにいるのかと思っていたら、ここにいるみたいだ」

「兄弟……というと、神ということに」

「そうだよ。もし会うことがあれば、そろそろ酒でも飲もうと言っておいてくれる?」

じゃあね、と言うと、神ゼイナフは消えた。

謎の言葉を残し去っていくのは、いつものことだ。何の話だとこれを考え悩んだとしても、答えのない迷路にはまり混乱するだけなので、ここで思考は停止する。それがここで生きやすくするための技なのだ。

◆ ◆ ◆

シオンと連絡が取れた日の夕食、昼よりは薄味だけれど、まだ濃い味付けの夕食をいただいているところに、クォロ公爵がやってきた。

「明日から早速この国のことについて学んでもらう。時間がないからな、逃げるようなことはするなよ」

「俺、家に帰りたい」

「何をいまさら。ルカルエム、お前にはこの国の頂点に立ってもらうと言ったはずだぞ」

「えー」

「お前、ダルディエ公爵家の末っ子らしいではないか。それではどうせ家は継げないだろう。だったらここで私の息子となり贅沢な暮らしをするほうが、何倍もいいだろう」

「……」

何も言わない私を見て肯定と受け取ったのか、頷いてクォロ公爵は部屋を出て行った。

(神髪神瞳である私を息子とし、王とすることで、自分が実権を握ろうとしているのかな)

夕食を少し食べ、あとは下げてもらう。お腹が痛くなり、トイレを行ったり来たりし、やっと落ち着いてきた。家の食事が恋しい。

夕食後、使用人が持ってきた寝間着を、自分で着るからと言って使用人を追い出す。そしてまだ寝るには早いが、寝間着を着ると、ベッドに寝転がった。

(シオン?)

(……どうした)

シオンの返事がすぐにあったことに、ほっとする。

（あとどれくらいで迎えに来る？）

（王都までは一日半くらいらしい）

（馬ソリ？）

（ミリィも乗ったのか。そうだよ）

一日半で来られるのは速い。使う経路が違うのだろうか。私のときは三日三晩走り続けたのだ。

（そうだ、そっちでミリィを誘拐した相手の顔、見ているか？）

（うん。クォロ公爵という人。シオン知ってる？）

（いや……あとで父上に確認する）

（ミリィを今のザクラシア王の次の王にしたいみたい）

（……は？）

（だから、ミリィは女の子って秘密にしているの）

（……最優先に隠し通せ）

（うん、がんばるね。だから早く迎えに来て）

（ああ）

そこでシオンとの連絡は切った。シオンと話すと、心細さの度合いが減る。

（さて）

問題は、どうやって寝るかである。試しに目を瞑ってみるが……

（寝れない！）

いつも三呼吸ほどで寝られるほど寝つきがいいのに、こういうときには発揮されないなんて。

がばっと起き上がると、窓辺に向かった。

「わんわんわわーん」

窓の外はすっかり暗闇である。それでも、呼びかけて窓の前にじっと待っていると、犬が五匹やってきた。

(犬と寝ようかなあ)

三尾とは昼寝ができるのだ。この犬とも寝られるのではないか。

(あ！　ヴィラルに頼んでみる？)

そのほうが現実的かもしれない。

窓を開けて外に出る。雪が降る中、暗闇で心許ないので手を振り犬に付いてきてもらう。少し灯りが窓から漏れている部屋がヴィラルの部屋だろう。

そっとその窓を覗くとヴィラルがベッドに座っているが、他に使用人もいる。一瞬ヴィラルと目が合うが、私は窓を離れて座った。

(今は駄目だ)

犬を撫でて少し待つ。すると窓をヴィラルが開けてくれた。

「ルカ？」

「ヴィラル」

犬をそこに置いて、そっと部屋に入る。窓と鍵を閉めたヴィラルは、心配そうな顔を向けた。

「何かあった？」

「ううん。何もないよ」

「でもこんな暗い時間に、外に出ると危ないよ」

「大丈夫。犬に付いていてもらったから」

「犬に？」

困惑げな顔をするヴィラルをベッドへ連れていく。

「あのね、ヴィラルにお願いがあって」

勝手に一緒にベッドに入る。ここは図々しく行こう。

「一緒に寝ようよ」

「え？」

「いつも兄上と寝ていたから、寂しいんだ」

「僕と一緒に寝るの？」

「うん。朝早く部屋には帰るから」

「……いいよ」

「やった！」

いそいそとベッドに深く潜り込み、ヴィラルにくっつく。

「えへへ。やっぱり人と寝ると暖かいよね」

「……僕、誰かと一緒に寝るの初めて」

「本当？　じゃあ、手を繋いで眠ろう」

「うん」

そして、ヴィラルの息遣いが近くで聞こえるのを確認すると、すぐに眠気が襲ってくる。

「おやすみ、ヴィラル……」

「おやすみ」

ヴィラルの返事が聞こえる前に、私は深い眠りに落ちた。

◆　◆　◆

ザクラシア王国の港エベラで、シオンは馬ソリを見ていた。エベラから王都までは、馬ソリで約一日半。ザクラシア王国の一年の大半は雪で覆われ、その雪の時期は、道路が用途別に二つずつあるという。一つは少しの休憩を挟む以外は馬ソリで昼も夜も走り続ける専用の道、そして農業でよく使うため渋滞の起きやすい道。それが往復でそれぞれあるため、道は四本あることになる。

その昼も夜も走り続ける馬ソリを貸し切りにしたものを二台、急いで手配した。借りた馬ソリの中は馬車とは違い、向かい合うものではなく、人間が同じ方向を向くように椅子が三列並んでいる。つまり中が大きくて、人数が入るのだ。

そのため、一台に父上とその息子たち、そしてネロ。もう一台に残りの影と護衛騎士が乗り込んだ。護衛騎士が別に乗ってどうするんだ、とは思うが、いったん父上と兄弟間の話し合いが必要であるし、何かあってもネロが強いため、なんとかしてくれるだろう。それに、シオンや兄たちもそこそこ戦える。

馬ソリに乗って一夜が明けた。

シオンたちは寒くないが、父とネロは寒いのか、港エベラで取り急ぎ揃えた湯たんぽを抱えてうずくまっている。湯たんぽの中のお湯は長時間はもたずに水になるため、先ほど立ち寄った街で中をお湯に替えたものの、いつまで持つか。

昨日のミリィの話から、黒幕がクォロ公爵だと分かった。父上は会ったことがないらしいが、母上の腹違いの弟にあたるらしい。ザクラシア王が少年王であり、その後見をしているそうだが、ザクラシア王は病床にあるため、王としての実権を握っているのはクォロ公爵だと父は言っていた。

そのクォロ公爵がミリィを次期王にしようと動いているのだという。

もし今の少年王が死ぬことがあれば、王位継承権で一番高いのは母の同腹の弟シャイロだというから、ザクラシア王国にミリィが連れ去られたと分かった時、最初はシャイロを疑ったのだと父は言う。母上の話では、シャイロは昔から王家を嫌っていて、王家から離れるために聖職者になったと聞いていた。そのため自分が次期王となりたくないシャイロが、ダルディエ家から息子を一人誘拐した可能性を考えていた。それでたまたま男装をしていたミリィが何も知らない実行犯に誘拐されたのだと。

しかし黒幕がクォロ公爵なのであれば、また話は違ってくる。クォロ公爵は王位継承権第三位だというが、王位に近い位置にありそうで実は遠い。そのため、今のザクラシア王にしているように裏から実権を握るべく、神髪、もしくは神瞳の男の子がダルディエ公爵家にいると聞いて、誘拐を決行したのだろう。

(つまり、狙われたのは、神瞳の俺ではないか)

なのに、手違いでミリィが誘拐されてしまうとは。

腹立たしかった。シオンであれば返り討ちにしてやったのに。ミリィをあんなに悲しませて。

やっと声が聞けたときは、涙声だったミリィ。心細かっただろうに、怖かっただろうに。うちの妹をこんな目に遭わせたクォロ公爵は絶対に許さない。

ぐぐっと拳に力を入れたとき、その妹から連絡がきた。

(シオン、起きてる?)

(起きてるよ)

今のところ、声は元気そうだ。

(ネロも来てる?)

(来てるよ)

(あのね、迎えに来る前に、一度ネロだけ王宮に忍び込めるかな?)

(どういう意味だ?)

(ネロに調べてほしいものがあるの)

ミリィの話はこうだった。

ザクラシア王のヴィラルという少年と仲良くなったのだという。その少年が病気のようだが、飲んでいる薬が何なのか、怪しいので一度調べてほしいという。

（駄目だ。王宮に行くときは、ミリィも連れ出す）

ただでさえ、今ミリィが無事でいるのは、性別を偽っているからである。それがいつ発覚してしまうかも分からないのに、いつまでもそんなところに置いておけない。

（ミリィもすぐに迎えに来て欲しいけれど、ヴィラルが心配なの。せめて薬が問題ないかだけ知ってから帰りたい）

黒幕ではないとはいえ、ミリィを誘拐した国の王など、放っておけばいいのに。今のザクラシア王は従兄弟らしいが、シオンはどうでもいい。生きようが死のうが興味はない。

しかし、意外と頑固なミリィは、たぶん意見を曲げないのだ。

頭が痛くなりながら、ため息をついた。

（一度、父上に相談する。後でまた声をかけるから）

（分かった）

連絡が途切れると、さっそく父上に相談した。

「使えるかもしれんな」

「何がです？」

兄弟全員とネロが父上を見ている。

「その薬がミリディアナの言う怪しい薬だったとしたら、シャイロとの交渉に使えるかもしれん」

「どういう意味です？」

「王宮へ着いたとして、ネロなら侵入できるだろう。ただ、あそこは何があるか分からない。それこそ神の恩恵とやらが渦巻く中心地だ。私たちの知らない何かがあってもおかしくない。そこからミリディアナを無事に連れ出せるのか、それが気になる。ネロ、ザクラシアの王宮に侵入したことは？」

「あるよぉ。あそこヤバイのいる。一見ただの狂暴そうな犬なんだけどね、それだけじゃないんだ。見た目以上に侵入者には容赦ない」

「容赦ない犬はどこにでもいる」

「いやいや、あれはそれこそ神がかった犬だよ。水準が違う。できれば、もうお目に掛かりたくない」

「それ何年前の話だ」

「うーん……五十年くらい前かなぁ。でもまだいると思うよ」

途中ネロの声音が真剣味を帯びた。こういうときは、真剣に話を聞いておいたほうがいい。

「そういうことだ。他にも何が起こるか分からん。そうなると、ミリディアナを無事に連れ出すなら、正規の道が望ましい。それにはシャイロを使うしかない。ただ、あの男の王家嫌いは根が深そうでな。だから少年王の薬が何かあるなら、それを材料に交渉できる可能性があるかもしれん」

なるほど。確かに聖職者であるものの、王位継承権がまだ第一位ということは、それを捨てられなかったのか捨てさせてもらえなかったのか分からないが、今でも王家に影響力はある、ということだ。

結論として、王都に着いたら、すぐに王宮へ向かうのではなく、とりあえずの身の置き場として王都のホテルを取ることとなった。そして、ネロはすぐに王宮へ。それからシャイロと交渉し、王宮へミリィを迎えに行く。

本当なら、シオンもネロと共に行きたいが、ネロに止められた。

納得はしていないが、決まったことをミリィに伝えようとしたところ、「ごめーん、今勉強中なの！　あとで連絡するね！」と元気よく言われ、連絡を切られてしまった。

なんとのんきな。けれど、その元気さに安堵するのだった。

◆◆◆

誰かの起きる気配で目が覚めた私は、目の前に兄ではなくヴィラルがいることを思い出した。

「おはよう、ヴィラル」

「おはよう、ルカ」

大きく欠伸をして、温かいヴィラルにくっつくと、心音がトクトクと聞こえた。落ち着く音に耳をすませ、ついウトウトとしてしまう。

「ルカ、そろそろ戻らないと」

その言葉に、はっと覚醒する。

「そうでした。ヴィラル、一緒に寝てくれてありがとう。今日の夜もまた一緒に寝てくれる？」

「うん」

お互い笑いあい、そして私は部屋に戻る。

外はまだ薄暗い。相変わらず雪深いが、物音を察した犬がトテトテとやってきた。

「わんわん、おはようー」

犬たちを一通り撫でると、そのまま自室に入った。

そっとベッドに滑り込み、使用人がやってくるまでの間にシオンに連絡をしておくことにした。

シオンによるとネロも一緒にいるということで、ヴィラルの薬が何なのかを知るために、ネロだけ王宮に忍び込んでほしいと頼んだ。シオンは渋っていたが、とりあえずパパに相談してくれるらしい。

それの返事待ちをしていると、使用人が服を持ってきたので、使用人を外に出して一人で着た。

その後、朝食をとり、昨日クォロ公爵が言っていた通り家庭教師がやってきた。

家庭教師によると、予想していた通り、ザクラシア王のいるこの場所は、王宮で間違いないようだった。私がザクラシア王国の人間ではないため、まずは神のご加護とその恩恵について学ぶのだ。

その中で面白かったのは、私たちが薄着でも暖かく暮らせることについて。

先生がまず見せてくれたのは、温度計である。私がいる部屋は暖かいと思っていたが、温度計を見ると三度しかなかった。寒くて震える温度である。外はもっと寒くて、住む場所によって多少違いがあるものの、真冬のザクラシア王国の外気温はマイナス十度から四十度ほどになるらしい。ちなみに、先生によると、今の王宮の外はマイナス十五度。暖かい部類に入るのだろうか。

屋敷内には暖炉に火が付いているが、国民は恩恵があるため、室内が三度でも十分暖かく暮らせるのだという。しかもこれは錯覚だとか暖かく感じるだけ、という話ではなく、体自体が本当に暖かいのだ。だから逆に暖炉で部屋が暑くなり過ぎると、窓を開けて部屋の温度を下げて調整しなければならないらしい。

では恩恵でどのくらい暖かくなるのかというと、実際の気温より二十度ほど暖かくなるという。ということは、部屋の温度は三度でも、二十三度ほどに感じているということである。長袖とはいえ、薄着でも暖かいはずだ。

どういう仕組みなのか先生に聞いたが、仕組みなどはなく、恩恵です、と言われてしまった。まあ、それはそうなんでしょうけれど。

ザクラシア王国の短い夏は涼しいというが、恩恵で二十度も上がれば暑そうなものだと思う。ところが、年に数度、王が祭儀を行うと、恩恵が夏仕様になるのだとか。つまり夏でも暮らしやすい温度に調整されるらしい。なんでもありなんだなと思った私は悪くない。

次に面白かったものは、農業が盛んなことについて。

一年の大半を雪に覆われている国で、作物を育てるのは大変なことである。ザクラシア王国は温室栽培が盛んで、大半の作物は温室で育てられるらしい。

その温室で重宝されているのが、これまた恩恵効果のある石。教会扱いとなっている温室専用の石で、教会に依頼すれば購入できる。代金は安く、またその代金は親のいない施設の子供たちの生活費の一部となるらしい。

温室自体が外より暖かいけれど、さらにその石を温室の四隅に置けば、冬でも温室の中が元の温室の温度より三十度ほど上昇するらしい。おかげで作物はたくさんできるため、国民が食べるものに困ることはほとんどないという。

ママの言っていたのは、これのことのようだ。

ただ、恩恵は、王の資質というものに左右されるらしく、恩恵が安定していれば明君、安定していなければ暗君と判断されるらしい。安定など、どこを見て判断するのか聞いたが、先生は私を見て「ルカルエムさまであれば、問題なく明君におなりでしょう」と言われた。やはり神髪神瞳が関係しているのだろうか。

神だの恩恵だの、いまいちピンとこない。確かに暖かいという恩恵を受けているが、たかが髪の色や眼の色くらいで王の資質などと言われるのは釈然としないものがある。

先生は他にも神のご加護について熱弁していたが、あまり頭に入ってこなかった。

それから昼食時にシオンと連絡を取った。先生がいる時に一度シオンから連絡が入っていたのだが、温室の話が面白かったので、またあとで連絡すると言っておいたのだ。

シオンの話は、私が頼んでいたネロの忍びこみの件と、私を迎えに行く時は、シャイロを頼るという件だった。早ければ、明日には一度ネロが忍び込んできてくれる。

それから午後も先生による講義があり、夕食をいただいて、トイレを行ったり来たりしつつ、今夜こそは風呂の手伝いをさせろという使用人を追い出した。

その代わり、髪の毛を洗う洗料や手順を聞き、その通りにやってみた。私の髪を整えにやってきた使用人は、私の髪を見て、昨日よりはマシですね、とでも言いたげな顔をしていた。ただまだ及第点には程遠いようである。

それから寝る準備が整えられ使用人は出て行ったが、そろっと廊下に出てみた。すると廊下に立っていた騎士が、「お部屋にお戻りください」と言って私を部屋に戻した。やはり廊下には私が逃げないように見張りがいるようである。

廊下から逃げるのは無理そうだが、なぜ庭には見張りを配置しないのだろう。あんな懐きやすい犬では番犬にもならないと思う。しかし私には好都合だ。今日もヴィラルの元へ行くために、外へ出る。ぶんぶんと尻尾を振る犬をわしわしと撫で、ヴィラルの部屋を覗く。すると私に気づいたヴィラルが窓を開けてくれた。

「ルカ」

「もう誰も来ない？」

「もう今日は来ないよ」

二人でベッドに潜り込む。

「ヴィラルも祭儀ってするの？」

「え？」

「今日先生に教えてもらったんだ。恩恵の温度を切り替える祭儀があるって」

「ああ。うん、祭儀だけは僕がしないといけないからね。年に三度行うんだ」

「それで温度が切り替わるのって不思議」

「ふふふ。そうだよね。でもルカも祭儀を行えば、神がすぐそばにいることを理解できると思うよ。儀式は形だけのものじゃない。王はこのためにいるんだって僕は思う。でもそうか、もうそういうことを学び出したんだね」

「あ……ごめん」

それすなわち、次期王になるための知識の植え付けである。ヴィラルからすれば、良い気はしないだろう。

「いいんだよ、ルカのせいではない」

「あのね、ヴィラル。俺、そんなに遠くない日、ここを出ていくよ」

「え？」

「だから俺が次の王になることはない」

「出ていくって、どうやって？」

「迎えが来るはずだから。パパやお兄さまが来てくれる」

「……信じているの？　こんなところまで来てくれるって」

信じているということもあるが、ただの事実だ。明日には王都入りしてくれる。それを言うわけにはいかないけれど。

「信じているよ」

「……そっか。でも寂しいな。初めて友達ができたのに」

「離れていても友達だよ」

「ルカは僕のことなんて忘れるよ」

「忘れないよ。ザクラシア王国で唯一優しくしてくれたヴィラルのことは、ずっと覚えてる」

ヴィラルのおでこにおでこをくっつけた。

「だからヴィラルも俺のことを忘れないでね」

くすくすと笑いあう。ずっと一緒にはいられない。だからずっと覚えている。


私がザクラシア王国の王宮へやってきた日を入れて三日目、次期王になるための講義を受け、順調に夜になった。もう寝る準備も万端なのだが、まだネロが来ない。シオンに連絡をしたところ、もうこちらに向かっているということなのだが。

(やっぱり、王宮に侵入するのって難しいんだわ)

それはそうだ。そんな簡単に侵入できたら、王族など暗殺し放題である。ただネロならば、それでも難なくやり遂げると勝手に思っていた。

犬と遊んで待ってようと、外に出る。私の気配を察知した犬が五匹全員集合である。そういえば、犬にも恩恵ってあるんだろうか。毛皮で覆われているとはいえ、犬もこの季節は寒いと思う。明日先生に聞いてみよう、そう思っていると、犬たちが一斉に唸りだした。

「どうしたの?」

犬五匹とも同じ方向を見て警戒している。私も犬が見ている方向を向く。

(もしかして、ネロかな⁉)

そうだ、きっとそうに違いない。だから犬が警戒しているんだと、ネロがいるかもしれない方向から視線をまた犬に戻してギョッとした。

犬の口の端だと思っていた部分が裂け、口裂け女のような大口となりさらに歯が鋭利になっている。しかも毛は逆立ち、毛の周りに静電気のようなものがピリっとしていた。

三尾や一角などの変わった動物を見慣れているため、もうこれくらいで驚きはしない。

「だめ！　そんな口しちゃ！」

犬たちは私を見て、また警戒するほうへ顔を向ける。

「せっかくの可愛い顔なのに口が裂けちゃ怖いでしょう。ぴりぴりもだめ！」

ぴりっとする体を撫でると、毛が逆立っているのが少しずつ収まってきている。犬の関心は警戒方面より私に移りつつあるようだ。

「いい子いい子してあげるから、口を元に戻してぴりぴりをやめるのよ」

きゅんきゅんと声を出しながら、犬の口は元に戻り、逆立った毛も戻った。

「んー、いい子ね」

しっぽをぶんぶんと振る犬を撫でてあげながら、部屋の窓を開ける。そして犬と一緒に窓から離れていると、いつ入ったのか、窓の中からネロが手を振っていた。

すぐに部屋に入って窓を閉めると、ネロに抱き付いた。

「ネロ！」

「お嬢！　元気そうだねぇ。ほっとしたよ。ケガはない？」

「大丈夫！」

「お嬢を一番に抱きしめられるなんて役得だなぁ。この魔窟に忍び込んだ甲斐があるってものだね」

ネロから離れてネロを見る。

「ごめんね、やっぱり忍び込むの大変だった？　怪我してない？」

「元気元気。途中獰猛な犬に何度か遭遇したんだけどね、この通り無事だよ。最後はお嬢がなんとかしてくれたし」

「やっぱり危険な犬がいるのね？　クォロ公爵が言っていたの、逃げるなんて思うなって」

「……えっと。ところでお嬢はさっきの犬と仲良さそうだったねぇ？」

「うん！　可愛いでしょう！　いつも撫でてってお腹を出してくるのよ。でもその危険な犬と一緒に飼ってるってことなのかな？　あの子たちが危ないわよね？」

「うーん……何から突っ込めばいいやら。お嬢なら一人でもこの城から抜け出せそうな気がするよ」

「え？　今日はミリィこのままお留守番するよ。ネロだけ帰るのよ」

「分かってる分かってる。それよりお嬢、薬は？」

「あ、そうでした」

机に向かうと、引き出しを引っ張って取り出し、中から回収した薬を出した。一昨日の一回分、昨日の二回分、今日の二回分、の計五回分である。

ネロは一つの包み紙を開け、薬の匂いを嗅ぎ、そして少量を手に取りペロっと舐めた。

「ネロ！　舐めたらだめよ！　毒かもしれないのよ！」

「お嬢、心配ありがとと。でもだいたい分かった。確かに毒だね、これは」

「……もう分かったの⁉」

「少量飲むくらいなら、影響はない毒だけどね。毎日少しずつ飲めば、毒は体に蓄積される。それが続くと体が悲鳴を上げて、いつかは死ぬ。そういった毒だよ」

「ヴィラルは三年飲んでいるって言っていたの」

「それは……とにかく、これを持って公爵のところへ帰るよ」

「……うん。ネロお願いね」

明確なことを口にしないネロに、これ以上聞いても答えられないだろう。

「他に何か伝えたいこととかある？　困っていることとか」

「ううん……あ、そういえば、お腹が痛くなるの。痛くならないお薬はないかな？」

「ああ、ザクラシアの食事が合わないんだねぇ。腹痛の薬と胃薬渡しておくよ」

「ありがとう！」

「やっぱりお嬢の体が心配だなぁ。できるだけ早く迎えに来るからね、お嬢は性別がバレないように気を付けて」

「うん」

また犬が警戒するといけないので、外へ出て犬と遠くで待機すると、ネロは手を振り去っていった。

まさか薬が毒だとすぐに判明するとは思っていなかった。いろんな薬を持っているネロだが、毒にも詳しかったとは。毒はネロに預けたから、あとはパパがどうにかしてくれる。

私はヴィラルと寝るべく、ヴィラルの部屋へ向かうのだった。

◆　◆　◆

王都にある教会は国で一番大きい。その大きい教会の中にシャイロの部屋もある。不本意だが、いまだ王位継承権が一位であるシャイロは、王都内に屋敷を持っていた。とはいえ管理はほとんど執事に任せきり。シャイロ自身は普段からこの教会の一室で寝泊まりしていた。

普段から眠りが浅いシャイロは、やっと寝付いた頃に叩き起こされ眉を寄せた。

「何事?」

「申し訳ありません。お断りしたのですが、シャイロさまのお知り合いという方が、どうしてもお会いしたいと」

「誰?」

「北公と言えば分かると申していましたが」

「北公?」

そんな呼び名の公爵は、このザクラシア王国にはいない。ましてや、こんな夜中に叩き起こされてまで会ってやる必要は――

そう思っていた時、思い出した。姉フローリアの夫は、あの国で何と呼ばれていたのだったかと。

「……会おう」

そして教会の一室、客人の顔を見て、答え合わせができたと同時に困惑する。北公、もといダルディエ公爵と息子のディアルドが護衛を連れて、こんなところにこんな時間にやってくる理由など、嫌な予感しかしない。

「お久しぶりですね、ダルディエ公爵。夏以来でしょうか」

「ああ」

シャイロはディアルドがまだ小さかった時にも会ったことがある。利発そうな少年だったが、青年となった今は、父に似た、心を読ませない聡明な表情を携えている。そのディアルドが口を開いた。

「シャイロさまは母上と仲の良いご姉弟だったと聞いております。今でも母を大事に思っておられますか」

「それはもちろん。……けれど、どういう意味なのかな？　いきなりそんなことを聞きに来たとは思えないのだけれど」

「いいえ。これを聞きに来たのですよ。母を裏切るつもりなのか、確かめに」

「……」

「ああ、その様子ですと、何もご存じないようですが」

「……何の話です？」

本当に分からない。ディアルドは何を言っているのだ。

ダルディエ公爵を窺うと、じっとシャイロを見ていた。

「うちの娘が誘拐されてね」

それはシャイロにとって、寝耳に水の話だった。

ダルディエ公爵の話では、クォロ公爵が次期王とするためにミリディアナ嬢を誘拐したのだという。ミリディアナ嬢は姉と同じ神髪神瞳とはいえ、女である。このザクラシア王国では女が王になるのはありえない。それはクォロ公爵も知っているはずだが、誘拐された当時、ミリディアナ嬢は男装をしていたらしく、手違いで誘拐されたのだろう、ということだった。

ザクラシア王国では王は男のみと決められている。そのため、王族は多いが継承権を持つ男子が少ない。現国王のヴィラルはまだ幼いため子はおらず、王位継承権を持つのは、先帝の兄弟であるシャイロ、そして腹違いの兄弟であるクォロ公爵とメレソォ公爵のみである。シャイロは結婚しておらず子もいない。クォロ公爵とメレソォ公爵は子はいても女ばかり。だから王位を継ぐものが少ない不安は常にある。

クォロ公爵が後見人をしている現国王は病気がちであるし、クォロ公爵が姉の子を男子と誤解していざという時の備えにしようとした可能性については理解できる。だからといって誘拐などもってのほか。下手すれば国際問題に発展する。

正直、ミリディアナ嬢が誘拐されたなど、ダルディエ公爵の妄言ではないかと疑った。いやそうであってほしかった。しかし、彼の影がすでに王宮に侵入して、ミリディアナ嬢と接触したのだという。

「……あそこに侵入して、無事に帰ってこられたと？」

「難しくはあったが、無理なことではない」

しれっと答えるのをやめてほしい。王宮の庭には神に愛された、動物離れの力を持つ子たちがウロウロとしているのだ。いくら戦闘慣れした人間、暗殺に長けた者であっても、幾度となく侵入を阻んできたというのに。

ダルディエ公爵が紙包みをテーブルに置いた。

「これは？」

「ミリディアナが渡してきた。ザクラシア王が毎日二回飲んでいる薬だそうだ」

シャイロはその包の中を見て、薬の匂いを嗅ぐ。その時点でこれが何なのか見当がついた。ザクラシア王国では病気や薬の類は教会の領分だった。シャイロの部下には特に薬に長けている者がおり、この粉が何なのかシャイロは知っていた。

「これを……一日二度も飲んでいると」

「クォロ公爵が飲ませているそうだ。娘が誘拐されたことも踏まえ、もう何が言いたいのか分かるな？」

ずっと目を逸らしてきた。やっと離れられた王家には、まったく興味はなかった。王位継承権第一位という鎖がシャイロをいまだ王家に繋いでいたとしても、今のシャイロは聖職者なのであり、あの忌々しい王宮には二度と戻らないと思っていた。

クォロ公爵とメレソォ公爵が王位というものに興味があるのは知っていた。だから後見人をやりたいというクォロ公爵に全てを任せた。できることなら、王位継承権の第一位など花束を添えて贈りたいくらいだった。

クォロ公爵が後見人をしてくれるのなら、シャイロが口出しなどすれば嫌がるだろう、そういう名目で、現国王を顧みることもなかった。そのツケが今頃回ってきたのだろうか。

シャイロが見誤っていたのだ。自分の自由を守りたいがために、クォロ公爵の野心を見て見ぬふりをした。それがこの結果だ。

クォロ公爵はただ簡単に操れる人形が欲しかったのだろう。比較的弱い毒を薬と偽り、弱らせ、病床につかせ続けることで、王の権力を意のままに操ろうとしたのだ。ただどれだけ弱い毒でも、飲み続ければ猛毒になる。いつから飲ませているのかは分からないが、数年あれば子供の小さな身体など、あっという間に限界を迎えてしまう。

クォロ公爵も計算違いをしたに違いない。こんなに効くとは思わず、ヴィラルが弱りきってから大変なことになったと気づいたのだろう。もしヴィラルが死んでしまえば、三人いる王位継承者の中でクォロ公爵は末席である。順当に行けばシャイロが次期王であるし、シャイロでなくとも第二位にメレソォ公爵がいる。

メレソォ公爵が王位につけば、クォロ公爵は殺される可能性すらある。あの二人は仲が悪い。

だから神髪もしくは神瞳の男子が必要だったのだ。たとえ他国から誘拐してきてでも必要だった。

しかも神髪神瞳の二つが揃う男子がいるならば、王位継承権第一位の神髪を持つシャイロを差し置いてでも、次期王となる資格が十分にある。そして誘拐した子をクォロ公爵の隠し子だとでも言って、その子を次期王に据え、自身がまた裏から権力を握るつもりだったのだろう。

ああ、これのことなのか。

先日、神ゼイナフが言っていたのは。シャイロがいつか王宮に戻るという不吉な予言。そしてゼイナフはこうも言っていた。『私の兄弟がここにいる』と。あの時は、また謎なことを言って消えたことに、深く考えることはしなかったけれど。

夏を思い出す。ダルディエ領で会った幼い少女の身体から、神々しい光が見えていた。神ゼイナフと相対する時に感じるような空気がミリディアナ嬢をまとっていた。だから、この子は神なのだと、すぐに感じた。しかし、まさか神ゼイナフと親しいとまでは思っていなかった。

ミリディアナ嬢は神ゼイナフの兄弟。

ぞわぞわとした。これはマズイのではないだろうか。神ゼイナフは温和そうに見えて、実はそうではない。女神ザクラシアよりはまだ話の分かるほうではあるが、敵に回せば、ザクラシア王国などあっという間に滅んでしまう。それこそ一瞬のうちに。

今の最優先事項は、一刻も早くミリディアナ嬢を解放し、神ゼイナフの伝言「酒でも飲もう」を伝えることだ。それが子供に言うような話でないのは分かっているが、伝える行動をすること、これが重要なのである。そしてミリディアナ嬢を怒らせることなく、国に帰らせることができれば、今回の失態で神ゼイナフを怒らせることはないのでは？　ただの願望であるが。

余計なことをしてくれたクォロ公爵には、もう手放してもらうしかないだろう。この国を。その地位を。

◆　◆　◆

「なんでシオンはいないんだ」

双子しかいない部屋を見渡し、ジュードは目を吊り上げた。

ザクラシア王国の王都へ入った今日、ホテルを取った。貴族ではなく資金のある商家を装ったが、ホテル側はこちらが金持ちだと察したのか、喜んで部屋を提供してくれた。良い部屋を取れたものの、護衛のことも考えて、父の部屋、ジュードとディアルドとエメルの部屋、シオンと双子の部屋、と三つに部屋割りをしたのだ。

ネロが王宮から帰ってきた後、父はディアルドのみを連れ、教会へ向かった。ザクラシア王国の言葉が話せるのは、父とディアルドのみである。だから大勢で行っても仕方ない。ジュードは自分も行きたかったと思う気持ちをぐっと我慢する。

影は情報収集に向かっていないし、ジュードは戦闘になった時のために準備をしていたところ、隣の双子とシオンの部屋から大きな音がしたのである。

エメルと共に部屋を覗くと、双子が暇を持て余して部屋で体術の鍛錬をしていたらしい。壺が割れていた。そしてなぜかいるはずのシオンがいない。

「シオンは影に付いていったよ。俺らも行きたいって言ったのに、いつの間にかいなくなってた」

「ずるいよなー」

頭が痛い。どうしてじっとしていてくれないんだ。

そして夜中だと言うのに、双子も元気が有り余っている。

「こんな狭いところで鍛錬をするな。もう夜なんだから寝たらいいだろう」

「馬ソリの中でさんざん寝たのに、もう寝られないよ」

「そろそろ体を動かさないと、鈍るしさ」

アルトが手を叩いた。

「いいこと考えた！」

「なんだ」

「ジュードが色仕掛けで男を引っかけるっていうの、どお？」

「は？」

「顔はザクラシア産なんだからさ、グラルスティールでモテる以上に男を引っかけそう」

「ああ、いいね！　その程度で引っかかる男なら、殺してもいいでしょ？」

この双子を暇にしてはいけない。余計に痛くなる頭を押さえた。

「俺は普段から色仕掛けをしているわけではないんだが」

「分かってるって！　勝手にほいほい引っかかってくるんでしょ」

「俺は引っかけるなら男より女の子がいいなぁ」

言いたい放題である。スカートを穿いていないのに、いまだ街でナンパされるのはジュードにとって不本意なのだ。

「いいか、とにかく、外に出るのは駄目だ。もう少しで父上たちも帰ってくるはずだから。それに、引っかかった男を殺すのも駄目だ」

「なんだよ、ジュードはいつも半殺しにしてるじゃん」

「そうだよ。思い知らせてやるくらいならいいでしょ」

色々と知られてしまっているが、これ以上言及されたくないので話題を変えようとしたところ、シオンが帰ってきた。

「どこに行っていた」

「ちょっと情報収集」

それだけではないのは、シオンの恰好を見れば分かる。服のいたるところに血が付いていた。

「シオンばかりずるい。俺らだって体動かしたいのに」

「体を動かすというほど、動き回ってないけど」

「何人と遊んだの」

「まだ一桁」

双子がまとわりつく横で、シオンは血の付いた服を脱いだ。

「風呂って入れる？」

ジュードは怒鳴りつけたいのを我慢しながら、風呂を入れるためにホテルの使用人を呼んでやった。

シオンと共にいたはずの影を呼ぶ。

「シオンは、どこで暴れてきたんだ。まさか騒がれるようなことをしていないよな？」

「大丈夫です。シオン様はイライラが溜まっているようでしたので、裏道でやんちゃしていた少年を数人と、女性を襲おうとしていた男と、泥棒しようとしていた男たちを数名あてがっておきました。あくどい事をしていた連中を懲らしめただけです。騒がれてもいません」

上出来でしょう！　と言うように笑う影にため息をつきそうになったが、確かにそれなら上々だろう。それであのシオンの気が少しでも済んだならば。

「それで情報は？」

「すみません、それは別部隊のほうが担っておりまして。俺はシオン様を……」

子守だな。

「分かった。ご苦労さま」

ミリィが誘拐されて、心配しているのはみんな一緒だ。それが表に出ているかいないのかは兄弟の性格の違いだ。今のところ役に立っていないのは、ジュードも同じ。そのイライラをシオンや双子のように表に出さないくらいには、ジュードも大人になったのだと思う。

ミリィの声が聞きたい。その点、シオンは連絡が出来ていて羨ましい。

部屋の外がざわつきだした。たぶん父が戻ったのだろう。

どういう結果になったのか、話を聞くためにジュードは父の元へ向かうのだった。

◆　◆　◆

ヴィラルが目覚める気配で目を開ける。まだ眠りそうな瞳を意識的に開けて、ヴィラルを見た。

「もう起きる？　まだ夜っぽいよ」

「うん、そうなんだけれど……何か聞こえない？」

窓の外はまだ暗い。しかし耳をすませば、確かに部屋の扉の向こうが騒がしい気がする。

「と、とりあえず、ベッドから出よう」

「そうだね」

頷きあい、そろそろとベッドから降りて、扉から一番離れた壁に背中を付ける。

喧騒が大きくなる。間違いなくそれがここに近づいている。

「もしかして、俺が部屋にいないの、バレたのかな？」

私を捜しているのかもしれない。そうであれば、私がここにいれば、ヴィラルまで怒られる可能性がある。いや、そもそも私はヴィラルと会っていないことになっている。私に至っては怒られるどころか、折檻すら受ける可能性もある。

さあっと青ざめるのを感じた。そうなると、芋づる式に女だということも、バレるのではないだろうか。

「そのときは、僕が呼んだっていうから、大丈夫だよ」

なんと優しい。ヴィラルは落ち着かせようと、私の手を握った。

バン！　と扉が音を立てて開いた。廊下から漏れる明るい光に目を細める。誰だ。やはり騎士が立っているようだ。クォロ公爵の命令でやってきたのだと身構えたとき。

「ミリィ！」

懐かしい声が聞こえた。眩しくて見えない。けれど、その声は。

「ジュード！」

ヴィラルの手を離し走った。

近くまで行くと、ジュードの顔が確認できた。ディアルド、シオン、双子、エメルもいる。

ジュードは私を抱きしめると、ぎゅーと力を込めた。

「お待たせミリィ。頑張ったね」

「……うん」

誰かが頭を撫でている。涙が出た。懐かしい温度に。優しい声に。

ジュードが体を離した。

「怪我はない？　痛いところは？　熱はない？」

手で私の顔を包み、ジュードは顔を覗いてくる。

「大丈夫」

ディアルド、シオン、双子、エメルの顔を見る。会えて嬉しかった。

「みんな迎えに来てくれて、ありがとう」

思った以上に早かった。きっと無理しているに違いない。

ジュードが私を抱え上げた。

「俺たちの大事な妹なんだから当然だよ」

騎士に連れられ、ヴィラルが傍へやってきた。

「ヴィラル！　俺のお兄さま達なんだ」

「……妹って」

「あ」

そういえば、ジュードが妹と言ってしまった。でも、兄たちがやってきたということは、もう性別だって偽らなくてもいいのかもしれない。

「ヴィラル、実は、私男の子じゃないの。女の子なの」

「え！」

ヴィラルの顔が見る見るうちに赤くなっていく。

「僕、女の子と一緒に寝ていたの？」

「あ、そうだった。夜、寝られないから、ヴィラルに一緒に寝てって頼んだの」

兄たちの笑顔が怖い。別に兄妹ではないけれど、まだ子供だもの、一緒に寝るくらい問題ないだろうに。

「……それは、ザクラシア王、妹の代わりに私が感謝を申し上げます」

ディアルドは丁寧に礼をするが、やはり声音が低い。機嫌が悪そうだ。

「あの、僕……責任を取ります！　妹さんと結婚させてください！」

「「「はい？」」」

見事に私と兄たちの声が揃った。

◆◆◆

目が覚めた私の左右では、双子が同じく目覚めて伸びをしていた。

昨日はあれから近衛騎士やママの弟のシャイロがやってきて、私たちはパパたちが寝泊まりしているホテルに戻ってきたのだ。ホテルに戻ってきたのは空が明るくなり始める頃だった。兄たちが私と添い寝する役を話し合い、双子がその担当となったのだ。

私があくびをし終わると、なぜか指を人差し指だけ伸ばした状態の双子がニヤリと笑っているのに気づく。あ、この指は。

脇腹やら、腰やら、首やらをツンツンされ、笑ってしまう。やめろ、くすぐりは弱いんだ。

双子と三人できゃあきゃあと笑っていると、開けた扉からディアルドが顔を出した。

「楽しそうだね。起きたなら顔を洗っておいで。食事にしよう」

ベッドを抜けてみると、すでに昼過ぎであった。双子はともかく、王宮でも寝ていたのに、私はどれだけ寝ているのだろう。

朝食と昼食とを一緒にいただく。やはり塩味が強い。これはザクラシア王国全体が濃い味なのだろうか。できるだけパンでお腹いっぱいにしようと、焼き立てパンを頬張る。

私と双子が食事をしている間、ディアルドが口を開いた。

私が寝ている間に、色々と動きがあったようだ。

今朝早くにシャイロが近衛騎士を動かし、王宮入りした。その時にパパや兄たちも共に入城している。王族のシャイロの登城に、普段と比べて違和感のある時間帯だったとはいえ、誰も止める者はいなかった。

大勢の近衛騎士を連れたシャイロに驚きはしても、ほとんど邪魔する者がいないまま寝ていたクォロ公爵を捕縛。

そもそもクォロ公爵には自分の屋敷がある。そちらで寝ればいいのに、王宮に寝泊まりし、あまつさえ後宮を私物化していたらしい。

私の部屋だと聞いていた部屋はもぬけの空で、部屋の外で私が廊下へ出ないか見張っていた騎士は、可哀想に、兄たちに殺されそうになったらしい。ネロにヴィラルの部屋にいるのではないかと助言され、行ってみると私がいて、ほっとしたという。これぱかりは、シオンにでも言っておけばよかったと私は反省した。

私たちがホテルに戻ってからもシャイロは動いていた。

クォロ公爵は国王に対する殺人未遂の罪で王位継承権をはく奪、これから罪は徹底的に調べ上げ、適した処罰を下すという。

毒を飲み続けていたヴィラルは、身体が弱っているものの、なんとか元気にしてみせるとシャイロは言っているらしい。これにはパパが一言付け加えた。シャイロは絶対に王になどなりたくないために、何が何でもヴィラルが生き続けられる方法を試すだろうと。

私が起きたら、一度王宮を訪問することになっているらしく、夕方前にパパと兄たちと一緒に王宮へ入った。

「ヴィラル！」

応接室のような場所にヴィラルが座っていた。自室以外にいるヴィラルを見るのは初めてである。

「座っていても大丈夫なの？」

「うん、少しくらいなら」

顔色があまりいいとは言えない。それでもここに座っているのは、私と会うのがこれで最後になるからだという。

「本当に、僕とは結婚してもらえないのかな」

昨日からこれだ。女と分かるや否や、急に私を好きになることもあるまいし、何なんだ、と思っていたのだが、これはザクラシア王国では普通らしい。

どういうことなのかというと、まずザクラシア王国の女性、とくに王侯貴族の女性は生まれた時からずっと家にいるのが普通なのだという。家族以外の男性と会うことはほとんどなく、結婚する直前に初めて他家の男の人と会うのだって、よくある話らしい。

そんな国で男と女が一緒に寝るということは、結婚して責任を取らなければならない事態、というのが、この国の常識らしいのだ。だから、あの発言なのである。

「一緒に寝たくらいで責任を取るなんて、思わなくていいのよ」

後ろでパパや兄の圧があるのは無視する。

「私と結婚する人は、パパやママやお兄さまたちの近くに住んでいる人がいいの。みんなと会えないと寂しいもの。だからごめんね、ヴィラル」

「うん……」

そんなにしゅんとしないでほしい。ヴィラルにはこれから元気になってもらって、私よりもふさわしい人と結婚してもらいたい。

それからパパとシャイロの間で、今回の誘拐について色々と話をしていたが、よく分からない難しい話だった。

けれど、要は私はここに誘拐などされていない、だから国際問題にもならない。そういった裏の取り決めと、ザクラシア王国としてはこちらに借りを作った、ということで今後色々と便宜を図るつもりなど色々あるらしい。

私としては誘拐されたなどと噂になるのは困る。貴族の間ではあっという間に噂が広がるし、変な想像をされるのも腹立たしい。だから何もなかったで片が付くのは助かるのだ。

シオンや双子なんかは、クォロ公爵だけは許さないと言っていたが、最終的にはクォロ公爵については シャイロの判断に任せるというパパの決定に不承不承ながら頷いていた。

そして話し合いは終わり、私はヴィラルの両手を握った。

「ヴィラル、元気になってくれると信じてる。私たちはお友達でしょう。大人になったら、きっとまた会えるわ」

「……うん、きっと元気になってみせるよ。いつか、また会おう」

私は最後にヴィラルに抱き付いた。きっとヴィラルは元気になる。私はそれを願っている。

ヴィラルと別れを済ませ、帰ろうとしたところでシャイロに呼び止められた。

やけに言いづらそうにしていて、なんだろうと見ていると、変なことを言った。

「あなたのご兄弟が、そろそろ酒を飲もうとおっしゃっていました」

兄弟？　兄たちを振り向けば、ザクラシア王国の言葉が分かるディアルドなんかは、何言ってんだコイツ、というような目でシャイロを見ている。

「申し訳ありません。そう言えと命じられまして。いいんです、意味が分からなくても。私も伝えたという事実さえあればいいので」

本当に意味が分からない。以前ダルディエ領に来た時も思ったが、シャイロは変な人だ。うん。

この変なシャイロが、今後ヴィラルの後見人となるというのは不安であるが、クォロ公爵に対しきちんとした対応をしているのを見ると、変な人だけど有能なのかもしれないとも思う。

そして、私たちは王宮を離れた。今日はまたホテルに泊まり、明日帰国することとなる。


「パパ、大丈夫？」

ザクラシア王国の王都から馬ソリでの帰国の途、私はそう声をかけた。馬ソリは二台で、一台目が私とパパ、ジュードとシオン、護衛と影が数名ずつ。二台目がディアルド、双子、エメル、護衛と影が数名ずつの組分けの状態である。

パパや護衛、影は恩恵の影響がないせいで、寒さに震えていた。何重にも服を着こんでいるものの、寒さはなかなか緩和できないようである。

パパは怖い顔をいつもよりさらに険しくし、ある一点から目を動かさない。目を開けて気絶しているのではないかと不安になる。

「大丈夫だ」

そう答えるパパは、全然大丈夫そうには見えない。

「ミリィが暖房になってあげようか？」

「うん？」

パパが着こんでいる上着の外側の留め金を全て外し、パパの膝の上に座る。そして私とパパを一緒に包むように、上着の留め具を全て取り付けた。

私は顔だけパパの上着から出ている。私は恩恵があるので少し暑いが、パパが寒くないほうがいい。

「暖かいでしょう？」

「そうだな」

「えぇぇ、ずるいよ閣下！　俺もお嬢湯たんぽ欲しい」

ぷるぷると震えて足ぶみしていたネロが、駄々をこねだした。本当の湯たんぽも用意したものの、すぐに中がぬるくなってしまったのだ。

「俺も欲しい」

ぼそっと寒さに関係のないジュードの声がしたが無視する。パパがこれで少しでも暖かいといいのだが。

ちなみに、寒さに関係する恩恵についてだが、人間だけ恩恵があるのかと思いきや、そうではないという。寒さに弱い動物なんかは、教会に依頼して祝福を受ければ、恩恵が受けられるのだとか。ヴィラルと最後に一緒に眠った日、犬は寒くないのかと聞いたら、そう教えてくれた。馬ソリの馬なんかも、野生ではない動物は、たいてい恩恵を受けているということだった。

馬ソリは陸続きの国境を目指していた。陸続きの国境とは、ダルディエ領の北部騎士団が守っているところだ。

私が攫われた時は、あまり意識がなかったものの、船に乗ったであろうということは分かっている。パパたちもザクラシア王国入りする時は船を使ったらしいが、帰りは船を使わないという。

私が攫われた時、まだクォロ公爵が黒幕だとは分かっておらず、誰が犯人かも分からない状態だったために、陸続きの国境が使えなかったらしい。国境を使ったことがザクラシア王国のどこかにいるはずの黒幕に知られれば、そちらにパパたちが向かっていることがバレてしまうからだ。陸続きの国境を使う場合は、身分検査を免れないからである。対して、港で行われるそれは、抜け道があるらしい。

そうなのだ。よく考えれば、誘拐犯はなぜ国境を使わなかったのだろう。ダルディエ領にあるザクラシア王国との国境は、普段入国審査をすれば平民でも通ることができる。荷物検査等はあるから、私のような子供を連れ出すのは難しいのかもしれない。けれどザクラシア王国との国境はかなり広いというか長いというか。入国審査ができる門は一カ所しかなく、それ以外は聞いた話だと壁もないという。

それでは密入国し放題なのではないかと思うのだ。何キロもある広い国境を北部騎士団だけで守るのは難しい。だから誘拐犯がそれをなぜ使わないのだろうかと思っていたら、それの説明をジュードがしてくれた。

ザクラシア王国とグラルスティール帝国の国境、それぞれの国の端には断崖絶壁が広がっているという。その間には谷があり、一度その谷に降りないと国を跨ぐことはできない。断崖絶壁のそれぞれの、入国検査を行う唯一の門には昇降機があり、それを使わないと谷へは降りられない。そしてそれぞれの断崖絶壁の高さは谷まで一キロを超えるほどあるという。

壁がないのは変だと思っていたが、なるほど天然の城壁のようなものがあるからなのか。

谷を横断するには二キロの距離があり、互いの断崖絶壁から向こうへ飛ぶことはまず無理である。それでも断崖絶壁を自分で超えようとする輩がいないとは限らないため、グラルスティール帝国側では北部騎士団が絶壁の周辺を巡回している。それも鼻が効く三尾を連れてである。

時々三尾を連れて巡回しているのは、そういったことだったのかと理解する。

しかし聞くのと見るのはまったく違う。

馬ソリで走ること、約三日。グラルスティール帝国との国境へ到達した私たちは、ザクラシア側に馬ソリを置いていき、入国審査を終え、谷へ降りるための昇降機に乗った。昇降機は三台あり、とても頑丈である。一台で人間なら五十人ほどは乗れるようで、人ではなく馬車を載せることも可能である。

谷までを覗くと、ぞわっとする感覚がある。雪が降っているため谷底は真っ白で崖と雪しか見えない。風もびゅんびゅんと吹いて、昇降機が思ったより揺れるのである。怖くてディアルドの服を掴んだら、ディアルドが抱えてくれた。

「怖い？」

「うん。離さないでね」

「離さないよ」

私がこれ以上怖がらないようになのか、抱きしめる腕に力が入った。

目を瞑ると揺れで気持ち悪くなるので目を開けていたが、怖いので外を見ないようにしてディアルドの首に手を巻き付けて、頭をディアルドの首につけた。

思ったよりも長い時間をかけて谷を降りたら、今度は馬車が待ち受けていた。貴族が乗るような屋根付き扉付きの馬車ではなく、長椅子が並んでいるだけの簡易な馬車である。それを使って向こう側まで行き、断崖絶壁を昇降機で上まで登るのである。

また昇降機が揺れるのを忘れるためにディアルドにしがみつく。そうして上まで登ると、やっとグラルスティール帝国側の入国審査である。

ここまで帰ってくれば、もうほとんど安全だ。パパや兄たちに驚く北部騎士団に馬を用意してもらった。そこからはジュードが操る馬に乗せてもらい、乗馬で帰宅する。

約十三日ぶりの帰宅は、心からほっとするものだった。ママは泣き崩れ大変だったけれど、どれだけ心配していたのかは分かるので、しばらくはママの言うことを聞くことにしよう、と思うのだった。ザクラシア王国まで迎えに来てくれたパパや兄たち、影や護衛たちにも感謝しかない。

やっと心から安心して過ごせる日々が送れる。それを取り戻してくれた皆に、何か恩返しがしたいと思うのだった。


ザクラシア王国から帰国後、テイラー学園の兄たちは今から帝都へ帰ってもすぐに冬休暇に突入するからと、帝都には帰らずそのままダルディエ領に残っていた。

私の恰好はというと、ママに心配かけたことを反省し、しばらくは男装はやめて女の子の恰好で過ごしていた。私が誘拐されたことでママが少し不安定になったので、冬休暇中はママの傍で過ごすことが多かった。

その後、最初にダルディエ領を去ったのはエメルだった。それから十日ほど経ち、私はテイラー学園に通う兄たちと共に、帝都へ移動した。両親は社交シーズンまではダルディエ領に残るのだ。

帝都に到着すると、カイルに誘われて皇太子宮へ向かった。するとエメルから私が誘拐されていたのを聞いたのか、カイルが私をぎゅっと抱きしめてしばらく離してくれなかった。

「エメルから、無事戻ってきたと聞いてはいたけれど、実際にミリィを見るまで心配だったんだ。良かった、元気そうで」

「カイルお兄さま、心配かけてごめんなさい」

「いいんだ、ミリィのせいではない。またミリィの笑顔が見られて嬉しいよ。帝都にいる間は、顔を見せに来てほしい」

「うん、また会いに来るね」

自分も兄なのに誘拐自体を解決するまで知らなかったと、カイルはショックを受けていたらしい。心配かけて申し訳ない。ショックを和らげるためにも、できるだけカイルに会いに行こうと思うのだった。

第三章　末っ子妹は新たな家族を溺愛する

帝都で再び暮らし始めた私は、昼間、家庭教師の先生から勉強を教わることになった。

今までも自主勉強をしていたため、特に苦手意識もなく順調に勉強は進んでいる。おじいちゃん先生なのだが、温和で優しく教えてくれるので、私は先生がすぐに好きになった。この国の常識を分かりやすく教えてくれるため覚え甲斐がある。

マナーの先生も探しているところで、もう少ししたらマナーのレッスンもすることになるだろう。

何度か男装をしてジュードの金髪カツラを装着し、テイラー学園へ見学に行った。見学というと、普通は一度か二度行う場合がほとんどらしいのだが、私はすでに五回ほど見学している。おかげで、最近の見学手続きはほぼ顔パス状態である。

いつもはディアルドやジュードの講義に一緒に参加することが多いのだが、その日はたまたまシオンと会ったので、シオンの講義に付いていった。予想通りというか、やはりシオンはテイラー学園でも一匹狼状態であった。もしかしたら私が見ていないところでは友人がいるのかもしれないが、少なくとも私が見学した時には誰とも会話をしていなかった。

シオンが一緒に来ていいと言うので一緒に行ったのに、なぜかその講義は試験だった。みな無言で試験を受ける中、シオンだけ私というお邪魔虫が付いていた。よく先生が許可したなとは思うが、試験内容なんて子供には分かるまいと判断されたのだろう。その試験問題は数学だった。

数学だけは前世から得意な私は、シオンの解いているところを見て、なんだこれはと思った。

というのも、シオンは考え込みながら解いてはいるのだが、どこか違和感があるのだ。何が違和感か分からないまま、途中で答えが間違っている問題があることに気づいた。

（その六個目の問題、答えが違うよ）

（え、そう？　答え何）

（たぶん八七九二だと思う）

（おー。ありがとう）

妹が答えを教えるのを変だと思わないのがシオンである。そんな感じでいくつか私とやりとりしているうちに、感じていた違和感に気づいた。

たぶんシオンは、誰かの頭を覗いて答えを見ている。思考を読み取っているとでもいうのか。つまりカンニングである。なるほど、シオンの天恵は、訓練の結果ここまできているか、と遠い目をする。答えを教えている私も私だとは思うが。

いつも試験はこうやって乗り切っているのだろう。ダルディエ領にいる時から勉強をしているところをあまり見ていなかったので、よく入学試験に通ったなと思っていたが、こういうことかと理解する。

何も突っ込むまい。シオンはこのままでいいのだ。たぶん。

そうやって兄の不正に目を瞑った。

それから皇宮のカイルのところにも数日に一度は遊びに行った。遊びと言っても、カイルもエメルもやることがあるので、せいぜい一緒にお茶をするくらいだ。

ただ、私が遊びに行くと、前に紹介されたカイルのもう一人の側近であるソロソが喜ぶ。なぜかというと、エメルもカイルも休憩を取らないらしいのだ。私が行くと強制的に休憩させられるから、毎日でも来てほしいとソロソは言う。さすがに毎日は行けないが、私も休憩は大事だと思うので行ける範囲でカイルのところへ行く回数を増やした。

カイルといえば、十日に一度ほど、お忍びでダルディエ家へお泊まりしに来るようになった。お忍びなので、もちろん皇太子ではなくエメルの友人という立場である。私とエメルが毎日一緒に寝ているのを知り、ジト目でエメルを見ていたので招待したのだ。だから十日に一度は私とエメルとカイルの三人で寝ている。夜にわいわいできて結構楽しい。

また、探していたマナーの先生が来ることになり、いろんなマナーレッスンが始まった。これが思ったより私には辛い。貴族のお嬢様らしく、格式ばったドレスを着て、お辞儀の練習や挨拶の練習、綺麗に見える食事の仕方、お茶の仕方、他にもたくさんあり、頭がこんがらがるのである。

マナーの先生はどこかの貴族の夫人なのだが、性格がきつく、少し失敗すると持っていた扇子で腕や太ももをパシッとやられるのである。両親や兄たちに甘やかされている身としては、とにかく辛い。怒られるのが怖くて失敗したくないのだが、やはり失敗してしまってパシッとやられるのである。

しかし、マナーレッスンで失敗すると扇子で叩かれたりするのは、意外と普通のことだったりする。先生によっては、お尻を叩かれたりもすると聞いたことがあるし、私はまだマシなのかもしれない。

その後も、家庭教師の勉強、マナーレッスンなど忙しい日々を送った。

やはりマナーレッスンが苦痛であるが、扇子で打たれるたびに、なかなかマナーを覚えられない自分が恥ずかしくなるのだった。

前世では普通の家庭であった私は、マナーを気にする生活をしたことがない。貴族のマナーなんて、初めて習うこととはいえ、他の貴族は覚えているのだから、私にできないはずはないのである。マナーの先生は同じところばかり打つので、内出血になってしまっていた。そこに痛みが走るたびに、まだマナーを覚えきれない自分に悔しくなるのだ。

ただそうはいっても、いつもマナーばかりではおかしくなりそうなので、テイラー学園へ遊びに行ったり、皇宮へ遊びに行ったりして気分転換をするのだった。

そんな中で、おじいちゃん先生は私にとって癒しである。いろんな疑問を分かりやすく教えてくれるし、間違った答えを出しても絶対に怒らない。適度に休憩を入れてくれるし、その時に面白い話もしてくれるのだ。家庭教師の先生は週に三日だが、この先生なら毎日でもいいくらいである。

マナーの先生は週に二日なのだが、前に叩かれたところを再び叩くので青タンや内出血が消えないし、強い口調で責められることもある。

「こんなこともできないなんて、公爵家のご令嬢として恥ずかしい限りですわ」

「お辞儀の角度が違いますわ！　何度言っても分からないなんて、公爵閣下や夫人が甘やかしすぎですわね」

「お兄さまはご立派ですのに、同じ兄妹でも差がありますわね」

などなど。ちょっと泣きそうである。嘘である、ちょっとどころか何度もこっそり泣きました。

いつも公爵家や両親や兄を引き合いに出してくるのだ。別の人間なのだから、間違ったなら私自身を怒ってくれればいいのに、どうして両親や兄がそこに出てくるのか。

ただ貴族社会としては、間違っていないのだろう。地位があるからこそ、失敗すれば両親のせいになるだろうし、だからこそマナーレッスンを受けるのだ。

公爵家にとって恥ずかしいことをするのは嫌だ。両親や兄に私のせいで嫌な思いをさせるのも辛い。だから歯を食いしばって辛くても頑張るのである。

よって、強い口調での口撃は、将来起こるかもしれない貴族同士の裏を探り合う会話にでも役に立つという気持ちで耐えている。

そんな感じで精神的に弱っていたとき、追い打ちのようにやってきたのは悪夢である。

相変わらず七日から十日に一度ほどは見るのだが、この日の前世の結婚式の夢は少し違った。結婚式で殺される場面、本来なら胸を撃たれるのだが、その前に腕を撃たれたのである。腕を撃たれたくらいでは簡単には死ねず、痛い痛いと腕を押さえてのたうち回る。あまりにも痛くて、エメルに起こされた時は腕を押さえて泣いていた。私があまりにも痛がるから、エメルは私の服の袖を上げた。

「これ、どうしたのです?」

そこにはマナーの先生に叩かれた内出血の痕があった。毎回同じところを打たれるため、ひどい青タンが広がっていた。

「あれ？　撃たれてない」

なぜか銃創の痕があるような気がしていたので、びっくりする。結局、銃で腕を撃たれたのか、先生に叩かれたのか、まだ夢うつつで混乱していたのだろう。精神的に弱っていたことが夢に影響したのかもしれない。

私が泣きやんで落ち着くまでエメルは抱きしめて待ち、それから私に質問するのだった。

「それで、これは誰にやられたのです？」

あ、顔が怖い。うちの兄たちは、シオン以外は笑いながら怒るタイプが多いようだ。

自分で転んだと言おうかとも思ったが、内出血や青タンの具合が一部治っているところもあり、それは繰り返し何かが起きたことを意味するものである。エメルを誤魔化すのは難しそうだった。

仕方なくマナーの先生に扇子で叩かれたことを話した。正直、叩かれたことは私が不出来であるという証明なので、恥ずかしくて言いたくなかった。

けれど一つ話すと先生が怖いことが蘇ってしまい、結局泣きながら全部話してしまった。内出血としては腕が一番酷くて、次は太ももであるが、太ももはスカートやペチコートがクッションの役目をしていたのか、そこまで酷くはない。

結局エメルに話してしまったので、きっとエメルは先生に抗議してくれるだろう。それを先生が逆恨みして、失敗した時の躾が巧妙になると嫌だなあと思っていたら、マナーの先生は解雇されていた。

私がエメルに告げ口した次の日、学園が終わった後、兄たちが全員帰ってきた。休みでない日に戻ってくるのは珍しいと思っていたら、兄たちに内出血を披露する羽目になった。不出来な私の公開処刑かな、と思っていたら、エメルから話を聞き、どれだけ先生にひどいことをされたのか確認に来たらしい。

確かに内出血はひどい。しかし、マナーレッスンでの躾は一般的なはずである。扇子で叩かれたり、お尻を叩かれたり色々ある。前世であれば体罰だと言いたいが、現世ではそうでもない。

しかし私の腕を見た後の兄たちは怖かった。私が怒られているわけではないのに、怖かった。その後、急遽兄会議を開いていた。どういう結論に達したのか分からないが、私には今のマナーの先生を解雇することだけ教えてくれた。

ただ、兄たちの表情を見ると、先生は解雇だけで済んでいないと思うのだった。先生の名前は一度聞いたが、貴族名に詳しくないため、あまり覚えていない。ただ貴族といえど位はあまり高くないだろうことは分かる。もしかしたら、もう二度と社交界へは戻ってこられないくらいのことを兄たちがしている可能性もあるが、私には知る由もない。

それからしばらくして、後任のマナーの先生がやってきた。今度は若い先生で、テイラー学園を卒業したばかりの人だった。すごく温和な人で、優しく教えながらも、間違えればきちんと指摘してくれる。そして叩いたりなどは一切ない。体罰がないため失敗することに恐怖感がなくなったからか、逆にマナーを覚えるのが早くなった。間違えることも少なくなり、今のところ順調である。

その後、しばらくして内出血が消えかけてきた頃、ディアルドが言った。

「うちではああいう手出しは認めていないからね。ミリィの体を傷つけたことは正直万死に値すると思っている。けれどまあ、向こうにも言い分はあるだろうから、二度と顔を見ずに済む処分までにしておいた。ただミリィにお願いがあるんだ。今回はエメルが気づけたから良かったものの、俺たちがミリィを傷付ける者に気づけないこともある。だから今後は少しでもミリィに何かする者がいたら、真っ先に俺たちに言うんだよ」

「う、うん」

色々とツッコミどころ満載だが、有無を言わさない笑顔が怖いので頷いておく。

「それとね、ミリィが何か失敗しても俺たちが困る事は何もないからね。何かあってもすぐに俺たちが対処してあげるから、心配事があるなら、俺たちに言うんだよ」

それは私が失敗すると両親が恥ずかしい思いをすると、マナーの先生に叱責されたことを言っているのだろうか。つまるところ、私が表舞台で何かやらかそうが、事件を起こそうが、裏で揉み消しますと言っているのか。兄の思考がちょっと怖い。

本気でマナーの先生を怒っているということなのだろう。

たぶん、ディアルドは、大抵の私の失敗は許してくれる、そう言いたいのだろうと思うことにする。

ディアルドがこうなのだ、ジュードやシオンなんかも頭にきているだろう。

ただ単純に兄たちがシスコンなことに喜べばいいだけかもしれないが、私はそこまで単純になりきれない。できるだけ兄たちを私のことで怒らせないよう、何事も起きなければいいなと思うのだった。

それから、社交シーズンとなり、両親が帝都へやってきた。久しぶりにパパやママと会えて嬉しくて、相変わらず仲のいい両親の邪魔をしまくって甘えたのだが、二人とも嫌な顔一つせず甘えさせてくれた。二人がソファーに並んで座っていても、私が行くとパパがいつも横にずれて間に入れてくれるのである。パパ、分かっているなー、と嬉しくなりながら、思う存分甘えるのだった。


その日、週末でテイラー学園から帰ってきたシオンに付いて、アカリエル公爵邸を訪問していた。シオンは早々に天恵の訓練に行き、私はというと一歳半の歩くようになったオーロラと遊ぶのである。少し危なっかしいものの、走れるようにもなったオーロラは、とにかく活発だ。部屋を一周してみせたと思うと、今度は私に抱き付いてきて、すごく可愛い。

そしてお茶にしましょう、というアカリエル公爵夫人のお誘いで、お菓子を堪能していたところ、訓練をしていたシオンとノアとレオも部屋にやってきた。訓練は休憩時間のようで、みんなでお茶の時間を楽しむ。

シオンだけでなく、今日はノアとレオも天恵の訓練をしていたらしい。ダルディエ領に北部騎士団があるように、アカリエル領にも西部騎士団がある。うちの兄たちのようにアカリエル領にいる間は、西部騎士団で他の騎士と一緒に騎士としての訓練もしているという。ノアもレオも剣術や武術の才能があるようだ。特にレオは少しやんちゃで動きも激しく、うちの兄の中で特に武闘派なシオンを慕っていた。天恵だけでなく、シオンと一緒に武術の訓練も楽しそうにしているのをよく見る。

「にぃたぁ！　ぶらぶらー」

お腹がいっぱいになったのか、お茶の時間に飽きたオーロラがノアとレオに何かを提案している。ぶらぶら、とは何だろう。オーロラのちょっと難解な言葉を頭の中で推理していたら、さすがオーロラの兄と言うべきか、ノアとレオがすぐに反応した。

「オーロラ、ブランコに乗りたいの？」

「うー！　ぶらぶら！」

ブランコのことだったのか。敷地内にブランコがあるのは聞いたことがあったけれど、私は見たことがなかった。

私もブランコに乗せてくれるというので、ノアとレオに付いていくことにした。シオンは引き続き訓練に行った。どっちがオーロラを抱っこするのか、ノアとレオが互いに自分が抱っこすると言い合っていたけれど、話し合いの末、ノアが抱っこすることになった。オーロラの背中がノアのお腹に当たる形で、抱っこ紐で公爵夫人が括りつけていた。

「二人とも、あまり無茶をしてはいけませんよ」

「はい」

心配な顔をする公爵夫人に、無茶とは？　ただのブランコだよね？　と私は首を傾げる。

ブランコは敷地の奥にある大きな木にぶら下がっているらしい。オーロラを抱っこしたノア、レオと手を繋いだ私は、そのブランコに向かいながら会話をする。

「ブランコって、普通のブランコ？」

「そうですよ」

「公爵夫人が無茶をしないように、って言っていたから、特殊なブランコかと思ったわ」

「母上は昔から少し心配性なんです。最近は訓練なら大丈夫なんですが、昔は訓練中も母上が見ていたくらいですし」

ノアがいつものこと、というように笑いながら答える。なるほど、公爵夫人は子供たちが怪我などしないか、心配なのだろう。レオもノアに頷きながら、口を開いた。

「俺も兄上も使用人に聞いたんだけれど、兄上が二歳の時、兄上を心配した母上が父上と離縁する！　って騒ぎがあったらしいんだ」

「離縁⁉」

レオによると、こういうことらしい。アカリエル公爵家では、先祖代々、男児は二歳になると剣術や武術の訓練のための体づくりを始めるという。自身も二歳から訓練を始めたノアたちの父であるアカリエル公爵は、自分の子らにもそのつもりでいたらしい。ところが、それに驚いたのは公爵夫人である。まだ二歳になったばかりの可愛い大事なノアに、そんな過酷なことをさせられるか、と怒った。本当に訓練させるのなら離縁する、と、もうすぐレオも産まれるくらいの大きなお腹を抱え、ノアを連れて家出する寸前までいったという。

それは公爵夫人が怒っても当然だと思う。さすがに二歳から訓練は早すぎだろう。

「母上がそんなに怒るとは思っていなかった父上が、俺に訓練させないと約束して、離縁は免れたのだとか」

まあ、うちの両親のように、アカリエル公爵夫妻もラブラブで仲が良いものね。公爵が夫人を大事にしているのは、私にも分かる。公爵も夫人に弱いタイプだ。

「それで、二歳ではなく、俺が四歳の時に訓練を始めることになったのですが、最初から他の騎士と一緒に訓練するのも母上は心配だったらしく、最初の一年くらいは母上と体づくりを始めました」

「……公爵夫人と？」

「ドレスを着ていると分からないと思いますが、母上はああ見えて、運動ができるのですよ」

「そうなの⁉」

普段のほっそりと清楚な公爵夫人からは想像できない。

「父上と結婚してから、体づくりに目覚めたらしいです。筋肉もありますし、今でも運動は欠かさないので、母上はなかなか俊敏です」

公爵夫人の意外な一面に驚くが、運動ができるなんて羨ましい。私も俊敏になりたい。

「レオも俺のように四歳から母上と体づくりを始めたんです。今は俺たち二人とも騎士団に行って訓練もしていますが、最初は少し転んだだけで母上が飛んできていましたよ」

「今は訓練中は母上も飛んでこなくなったけれど、外で遊んでると時々見に来るよね」

「それはレオが無茶するからでしょう」

「えー、そうかな？」

そんな話をしているうちに、ブランコのある大きな木の前に到着した。太い木の枝に頑丈なロープで括りつけられた形のブランコである。想像通りの、普通のブランコだった。

最初はブランコに乗りたがっていたオーロラが楽しむということで、抱っこ紐でオーロラを括りつけたままのノアがブランコに乗った。

ブランコにゆっくり揺られ、きゃあきゃあと上機嫌で笑うオーロラが可愛い。

ノア付きオーロラがブランコから降りると、今度はレオがブランコに向かった。

「ミリィ、見ててー！」

お手本を見せてあげる、とでも言いたげなレオの声音である。運動をほとんどしない私でも、さすがに、ブランコは乗れると思うのだけれど。

ノアとは違い、レオは立ったままブランコに乗った。揺れるブランコは、レオが漕ぐうちに普通じゃない勢いと高さになっていく。驚いていると、ノアが私を引っ張った。

「危ないので、離れておきましょう」

言われるがまま、ノアと共にブランコから少し離れると、レオはブランコが前の高い位置に上がった時、飛んだ。

「――え」

レオは体を丸めてくるくると回転すると、スタッと地面に華麗に着地した。曲芸か!?　と唖然とするが、それを見ていたオーロラは、きゃっきゃと拍手している。これは普通のことなのか？

「オーロラ！　兄様、かっこよかったでしょう！」

レオがそんなオーロラに笑いながら、こちらに向かって走ってきている。

「ノ、ノアも今のできるの？」

「オーロラがいるので、今日はしませんよ」

つまり、できるんですね。

「次、ミリィがブランコ乗っていいよ！」

ニコニコとレオが笑って言うが、私の顔は若干引きつっていた。

「ミ、ミリィは、くるくるって飛べないよ！」

ノアとレオが顔を見合わせ、ノアが笑って口を開いた。

「ミリィは普通に乗るといいですよ。レオのマネはしないでください」

「そうだよ。ミリィにそんなことさせたら、シオンさんが怖いし」

「ほ、本当？」

レオのマネをしろ、という意味かと思い、ドキドキしてしまった。

「それか、ミリィがブランコに座って、俺が二人乗りで立って漕いであげようか？」

「ありがとう。でも、大丈夫！　ミリィが一人で座って漕ぐから！」

レオの提案を即座に拒否する。レオが加減してくれるか分からないからだ。変な汗をかいてしまった。シオンにならニ人乗りをしてもらいたいと思うが、さすがにレオだとちょっと怖い。

私は一人でブランコに座って安全にゆっくりと漕ぎだす。

「ミリィ、もし落ちそうになっても、助けますので安心してくださいね」

ノアが親切にそう言ってくれた。きっと危ないときは、念力で助けてくれるつもりなのだろう。

男の子の遊びって、ちょっと過激だ。普段から訓練した体なら、当たり前にできることなのだろうか。そんなことを思いながら、公爵夫人が心配する理由が少し分かった気がするのだった。

◆　◆　◆

上品な柵で囲われた皇太子宮の裏庭で、私はエメル、カイル、ソロソと四人でお茶をしていた。

春が過ぎ、初夏が近づいて、新緑の空気がすがすがしい。

楽しいはずのお茶の時間だが、私の頭は別のことで一杯だった。

先日、帝都の郊外にあるティアママの屋敷へ、ママと訪問したときのこと。話の流れでティアママの息子がダルディエ領へ、夏の避暑に訪れている、という話になった。

その息子というのが、カイルだというのである。

ティアママに息子がいるのは知っていたが、まさかそれがカイルだとは思っていなかった。

ということは、ティアママは皇妃であり、ルイパパの妻ということになる。ここ何年も、知らずにいられた自分が怖い。今までティアママと会っていた屋敷は、皇宮の離宮だったのだ。

カイルの瞳はいわゆる神瞳である。ルイパパが紫瞳であることから、カイルの瞳は母から継いだものであろうことは分かっていた。けれどカイルからは、母は厳しい人と聞いていたことから、明るいティアママとは私の中で結び付かなかったのである。

またカイルはこうも言っていた。カイルの本当の母は亡くなっていると。では、カイルの本当の母は誰なのだろうか。ティアママでないのなら、私の知る情報で考えられるのは、もう一人だけ。ママとティアママの間で時々話題になる二人の妹、メナルティである。そうであれば、カイルに神瞳が受け継がれていることも理解できる。

「ミリィ、どうしたの？　今日は元気がないね」

カイルが心配の表情で言う。

「ううん、元気よ。大丈夫」

「だけど……もしかして何か話がある？」

「話というか……」

ちらっとソロソとエメルを見る。以前、カイルの母が亡くなっているという話は、みんな知っているとカイルは言っていたが、ソロソとエメルがいるところで聞いてもいいものなのか躊躇ってしまう。

「私たちは先に戻っていますね」

エメルとソロソは揃って気を利かせ、去っていった。

「さ、ミリィ、話をしてみて？」

「あの……もし話したくないことなら、話さないでね？」

「うん、分かった」

「この前……」

ティアママの子供がカイルだと知ったこと、もしかしてメナルティが本当の母なのだろうか。そんな不躾な質問に、カイルは嫌な顔もせず、ふむと思案顔をする。

「ミリィは母上によく会うの？」

「年に二度くらい、ママと一緒にお茶会をするの」

「そうなんだね。……確かにメナルティは俺の本当の母の名前だよ」

みんな知っている話だから、とカイルは淡々と話を始めた。

グラルスティール帝国の皇太子ルイとザクラシア王国の王女ティアルナの結婚は、政略結婚だった。しかし二人は初顔合わせの時に互いに一目惚れをし、政略結婚とはいえ愛情いっぱいの結婚だったという。二人のラブラブっぷりは有名で、二人に憧れている人も多くいた。

しかし、二人は子供に恵まれなかった。

皇帝であるがために、世継ぎは必須である。結婚からの数年間は側近や貴族たちからの世継ぎを望む声を躱せていたものの、結婚後八年を過ぎたあたりから、そういった声を躱すのが難しくなっていった。そうなると大きくなるのは第二皇妃を望む声である。そして第二皇妃という存在を良く思わないのはザクラシア王国だった。

ザクラシア王国の血筋が世継ぎとなることを望んでいたのに、他の者が世継ぎとなるなど容認できない。ティアルナが駄目ならメナルティをと、ティアルナの実の妹を差し出してきたのである。

ザクラシア王国の言うことに逆らえないティアルナは、第二皇妃として妹メナルティを迎え入れることを了承した。

メナルティは結婚後すぐに妊娠した。ティアルナとメナルティは仲の良い姉妹であったが、カイルが生まれる直前には、ほとんど会話をすることがなくなったという。それからカイルが生まれたものの、メナルティは出産後一ヶ月もしないうちに亡くなってしまう。

以降はティアルナが母としてカイルを育てた。赤ちゃんの頃は優しかったティアルナは、皇太子を立派に育てようと厳しく接するようになった。またティアルナ自身、皇妃としての公務で忙しいこともあり、カイルはティアルナと会う機会は少ないという。

「昔はどうして母上が俺に厳しくなったのか分からなかった。けれど、今は理解している。母上が俺に厳しいのは、もっともな話だ。俺は皇太子として果たさなければならない責任も多い。本当の母メナルティの分も、俺を立派な皇太子にしなければならないと気負っておられると思う」

カイルは分かっているのだ。母が厳しい理由を。そしてそれを当然のことのように受け入れている。

「カイルお兄さまがまだティアママの息子だって知らなかった頃、ティアママはいつも嬉しそうに息子の話をしていたのよ」

「……母上が？」

「ティアママは立場的には厳しいことをおっしゃるかもしれないけれど、カイルお兄さまが大好きなの。それはミリィにも分かるわ」

「……ありがとう、ミリィ」

ティアママはカイルの本当の母ではなくとも、間違いなくカイルを愛しているのだ。それだけは伝えたかった。私の手を握って感謝を伝えるカイルの手は、温かかった。

そして社交シーズンはあっという間に過ぎ去った。

実は先日、ディアルドがテイラー学園を卒業した。しかも、ディアルドは首席で卒業したのだった。生徒会長や家の仕事など様々なことを並行して行っていたはずなのに、ダントツで首席だったというからさすがというべきか。

ディアルドは今後、ダルディィエ領へ戻ることになる。それに付いていくので、私もしばらくはダルディィエ領暮らしとなる。当分の添い寝役はディアルドなのだ。

そして、私と両親とディアルド、テイラー学園が夏休暇に突入した兄たちは、みなダルディィエ領へ帰るのだった。

私は八歳になった。

帝都からダルディィエ領へ戻ってすぐ、騎士団へ行くという双子に、一緒に馬に乗せて連れていってもらうことになった。今日の私は男装だけれど、伸びてきた自分の髪の毛を侍女に編み込んでもらっている。

正門ではなく裏門から向かうということで、双子は馬を引き、庭を横切っていた。裏門を使って外に出たことがない私は、その道順がどんなふうになっているのかと楽しみにしていた。

庭の途中で、工事現場に遭遇する。何やら家を建てているようだ。前はただの芝生だったのだが、すでにかなり出来上がっている。帝都へ行っている間に建て始めたのだろう。

「なんでこんなところに家を建ててるんだ？」

「さあ？」

双子も事情は知らないようである。ダルディエ家の本邸の敷地には、既にいくつか別邸があるにもかかわらず、新しく建てて何に使うのだろうか。他の別邸に比べると小さい屋敷だが、それでも前世の日本の一般的な家屋よりは豪邸だなと思う。

まあ考えても仕方なし、と三人は裏門へ向かった。裏門を出ると、馬に乗った。私は自力では乗れないので、バルトの前に乗せてもらう。裏門は山の中であるため、人気《ひとけ》もなく、また岩がゴロゴロとしていた。道路はあるので馬や馬車も通れるが、普段はやはり使いづらくてほとんど使用していないらしい。

その裏道を行くのかと思いきや、双子はわざわざ岩がゴロゴロとしているほうへ馬を進める。

「どこ行くの？」

「騎士団だよ」

「こっちなの？」

「こっちからも行けるんだよ」

双子がニヤニヤしている。

馬も歩きづらいだろうに、岩の間を進む。ただ風は涼しい。天気もよく、岩の間には小さな花が咲いているし、蝶々だって飛んでいる。気分はいい。

さらに進むと、小川があった。ダルディエ家の小川ほど小さくはないが、足を浸けても足首より少し上程度しか深さがなく、まず溺れはしないだろう。そこでいったん降りて、水を触ってみる。

「冷たーい！」

「もう少し上のほうに行くと、小さい湖もあるんだよ。そこは水が湧いているから飲める。今日は行かないけれど」

「今度連れてって！」

「いいよ」

少し涼んだ後、また馬に乗り岩の間を進む。

すると、声が聞こえた気がした。

「え？」

「どうした？」

「何か言った？」

「言ってないよ」

おかしいな。『こっち』、そう聞こえた気がしたのだけれど。

あ、また。

「何か聞こえる」

「何かって？」

「こっち、って言っているよ」

双子が顔を見合わせる。

「どっちから聞こえた？」

「うーん……あっちかな」

馬が向かっていた方向とは少し外れたところを指さした。

双子は息ぴったりに、何も言わずそちらへ馬を動かした。それからしばらく馬を進める。

（うん、やっぱりこっちって聞こえる。声も大きくなっているし）

でも聞こえるのは、なんとなく、耳ではなく頭の中、そんな気がしてきていた。

「このあたり！」

双子に馬を止めてもらい、馬から降ろしてもらう。

岩がゴロゴロとしていて、歩きづらい。けれど、その声のほうへ向かう。

「これだ！」

指さしたのはゴツゴツした丸い岩である。大きさは五十センチほどの卵型とでも言おうか。

「これが何？」

「分からないけれど、声が聞こえるよ」

岩をポンポンと叩いた。すると、岩の外側のガタガタとした岩くずがポロポロと取れだした。

「あえ？」

ポロポロと取れた外側の部分が勝手にほとんど剥がれてしまうと、滑らかな卵が現れた。

「卵だ」

「「……まさか」」

双子の声が重なる。

岩の中から卵が出るとは思わなかった。すごく大きい卵である。ダチョウだろうか。ダチョウの卵焼きって美味しいのだろうか、そんなことを考えながら卵を撫でると、卵にヒビが入った。

「え!? 何か生まれる?」

(ダチョウかな? それとも、ちょっと大きい鶏かな?)

しかし、そのどちらでもなかった。

バリバリとヒビのところから縞模様の腕が飛び出た。そして次々に殻が割れ、全身灰色の縞模様、四本の四肢、そしてぴくっと動く耳、そして動物の赤ちゃん特有の可愛い顔。

きゃぁぁあああ!!

恐怖ではない。嬉しい悲鳴である。

「猫ちゃん!」

よろよろと不安定な動きで、まだ目が開いていない。けれどミャアミャア鳴いている。

可愛すぎる。猫好きにはたまらん光景である。

「可愛いーー! 可愛いーー!」

猫って哺乳類じゃなかったっけ? 卵から生まれるのだっけ?

そんな疑問が頭を過《よぎ》ったのは一瞬だけである。一般的な猫よりかなり大きいが、赤ちゃん猫がとにかく可愛い。大きいとはいえ、私でもまだ抱っこできる。まあまあ重いが。

「ねぇ！　猫ちゃん！　飼っていいでしょ？　ココもいるものね！」

猫を抱えて、嬉しくて笑顔で双子を見ると、双子はなんとも言えない微妙な顔をしていた。

「いやあ、だってこれさ、あれだよね」

「あれだな」

なんだよ、あれって。まさか捨ててこいとか言わないよね。こんなに可愛いのに！

「連れて帰るの！」

「いや、とりあえず、屋敷はまずい」

「一度騎士団へ連れていくか」

「どうして？　可愛いよ？　まずくないよ」

「そういう意味じゃないんだよなあ」

双子の歯切れが悪い。なんでだ。大きいからダメなのだろうか。

捨てられたら嫌なので、抱っこして少し双子から離れると、双子に阻止された。とりあえず、このまま騎士団へ行くこととなった。

「捨てないから、こっちに渡して」

「いや！」

猫を抱えたままバルトの馬に乗せてもらおうとすると、アルトが手を出してくる。

「いいよ、アルト。俺がミリィを支えていくから」

猫を抱えたままだと、馬上で私が危ないと言いたいのだろう。けれど、先ほどの双子の反応を見ているので、猫を預けるのを警戒してしまう。

結局、バルトに支えてもらいながら猫を抱っこしつつ馬に乗り、騎士団へ向かった。腕の中でミャアミャア鳴いている子猫が可愛い。たぶん私は今、笑み崩れているだろう。

騎士団へ向かうと、いつもの正門とは違う門を使って中へ入った。その際、猫が見えないように、バルトに私ごとマントで包まれてしまった。そして騎士団のある部屋に入ると、アルトが部屋を出て行った。

「バルト、この猫ちゃんお腹が空いているのじゃないかな？」

目は開いていないのに、乳を探すようなしぐさをしているのだ。

「そうだな。何か食べるものは後で用意するけれど、アルトが戻ってくるのを待とうか」

「うん」

それから待っていると、アルトに連れられパパがやってきた。

「パパ！　見て、大きい子猫ちゃん！」

パパは驚愕すると、頭に手を当て何かを考えているようだ。

「……パパ？　ねえ、この子、飼ってもいいでしょ？　生まれたばかりなの」

「……」

「す、捨ててこいって言わないよね!?」

パパは困惑の表情を浮かべ、私の頭を撫でた。

「言わないよ。うちで飼おう」

「本当？　絶対よ！　ミリィがママになるんだもん」

「ああ。だけど屋敷に連れて帰るのは、もう少し先になるかな。それまで騎士団に通って、ミリディアナが世話をできるか？」

「うん！　がんばる！」

パパは戸惑っているようだが、どうにか飼う約束は取りつけたのだから問題なし。

アルトが子猫を撫でて言った。

「ママって何？」

「ココのママはママでしょ。この子のママはミリィなの」

「ああ、なるほど」

私の後ろでパパが苦悩していることには、まったく気が付かなかった。


卵から生まれた猫を騎士団で世話をして十日、やっと目が開いた猫の瞳は綺麗な空色をしていた。

名前はナナと名付けた。命名センスのない私にしては、まあまあの名前だと思っている。

ナナは完全に私をママだと思っていて、私が屋敷から騎士団へやってくると、愛らしく鳴いてすごく可愛いのだ。もう完全にメロメロ状態の私である。

猫好き仲間のママにナナの話をしたところ、屋敷にやってくるのをとても楽しみにしてくれている。

ナナを保護してから、ずっとパパの様子が変だなと思っていたが、その理由について、今まさに、目の前にいるネロから説明を聞こうとしていた。

騎士団でのパパの部屋で、ソファーには私、パパ、双子、そして私の足元にナナ。ネロは向かい側に一人で座っている。

「今日はお嬢の天恵の話をするよ」

「天恵って、シオンの耳のアレ？」

「シオン坊ちゃんの場合はそうだね。でもお嬢のは通称、動物遣いというんだ」

「動物遣い……」

「今まではお嬢には天恵はなさそうだという判断だったんだけれどね、先日ナナの卵を見つけたこと、それにナナを孵化《ふか》させたこと。これは動物遣いにしかできないことなんだ。だからお嬢は動物遣いの天恵持ちだと確定したんだ」

ちらっとパパを見ると、頷きが返ってきた。

「今までお嬢は天恵の話をほとんど聞いたことがないよね。だから簡単に説明をしておこうか」

天恵とは、人によってその能力は様々だが、動物遣い、耳、透視、怪力、テレパシー、念力などといった力のことをいう。前世のイメージでは魔法ではなく、超能力に近いだろう。

天恵の力を持って生まれる子は、最近ではすごく少ない。ほとんどの人は天恵を持たずに生まれてくる。そのために天恵の存在を知らない人も多く、だからこそ、人に忌み嫌われる傾向にあるという。

しかし、大昔では今とは逆に、ほとんどの人が何かしらの天恵を持っていた。だから天恵は別名、先祖返りとも言われるらしい。

そしてナナはというと、存在自体が先祖返りだという。また三尾や一角も先祖返りである。一般的な動物と少し違う形態で生まれる彼らは、これまた大昔の話だが、昔はたくさんいたらしい。

ただどういうわけか絶滅してしまった。ところが完全に消滅してしまったのではなく、ナナのように化石化した卵から生まれることがあるのだという。

先祖返りの動物が生まれる化石は、少し前までは自然に孵《かえ》る以外で孵化《ふか》することはないと思われていた。

「北部騎士団にいる三尾や一角は、元は自然に孵化《ふか》したものを拾ってきた子たちなんだ」

ところが、百年ほど前にアカリエル公爵家の血筋に、動物遣いの能力を持つ者が生まれた。その動物遣いはもう亡くなっているが、当時、私がやったように先祖返りの卵を見つけたり、孵化《ふか》させたりができたらしい。

「まさかお嬢が動物遣いとは思っていなかったけれど、今考えれば、そういった兆候はあったかもしれない。例えば普通の猫や馬はお嬢をじっと見ることが多いよね。あれはお嬢のことが気になってしょうがないんだ。動物遣いは、先祖返りの動物関係なく動物に好かれるから。子供好きな三尾はともかく、気難しい性格の一角なんかもお嬢には最初から優しかったよね。あと極めつけはアレだよ」

何を思い出したのか、ネロはぷるぷるっと震えた。

「ザクラシア王国の王宮の番犬！　あれなんかお嬢に腹見せてたもんね！　俺には殺気丸出しだっ

たのに」

　番犬？　獰猛な犬がいると言っていた話だろうか。

「そんな危険な犬、ミリィ見てないよ？　人懐っこい犬はいたけれど」

「うん、それが番犬なんだよ。俺には狂暴だったんだから」

「えぇぇ？」

　そんなふうには見えなかったけれど。普通の犬のように、見知らぬ人を警戒しただけではないだろうか。

「ね、お嬢は動物に好かれるから気づかないんだ。というより、俺もあそこでなんか変だとは思ったんだから、お嬢が動物遣いかもって気づけばよかったんだけれど」

　とにかく、私は動物遣いという天恵を持っていることは分かった。確かに動物にじっと見られることが多かった。ただそれは赤ちゃんや子供が珍しいからだと思っていたが。

　話を先祖返りの動物の話に戻す。

　先祖返りの動物は、卵から孵《かえ》る。ただ見た目は一見、岩や石であり、どこにその化石が転がっているかは分からず、偶然に見つけるしか方法はない。また驚くことに、先祖返りの動物は、全て雌雄がない。

「え？　でも三尾には三尾パパと三尾ママがいるよね？　三尾三兄弟の親でしょ？」

「そうなんだ。これが動物遣いのなせる業でね」

　どうやっているのかは分からないが、動物遣いが接することで、つがいができるらしい。いつのまにか雌雄のなかった動物が雄と雌に性別が分かれ、つがいとなると子供が生まれるらしいのだ。

現在アカリエル公爵の関係者で、動物遣いがいるらしい。その人はブリーダーのような能力に特化しているのだという。以前、その人を北部騎士団へ招いたところ、二匹いた三尾がつがいとなって三兄弟が生まれたのだ。

「ほえー。動物遣いっていろんなことができるのね」

「そうだね。ただ能力も人それぞれなんだ。例えば」

その、ブリーダー能力に特化した動物遣いには、化石を発見する能力はない。たとえ目の前に先祖返りの化石があっても見つけることができないのだという。

ただ化石を孵化《ふか》させる能力はある。しかし、もう亡くなった百年前の動物遣いには、化石を発見する能力と孵化《ふか》させる能力はあったけれど、ブリーダーのような先祖返りの動物たちを繁殖させる能力はなかった。そのように、同じ動物遣いでも出来ることと出来ないことがあるというのだ。

「でも能力は伸ばせるのでしょう？　シオンが訓練しているものね」

シオンの天恵は、元は耳の能力だった。最初は、相手の心の声が聞こえるだけで、自分の声を伝えるすべはなかった。けれど訓練するうちに、人に触れたり、髪などの他人の一部を持っていれば、自分の声も伝えられるようになった。

つまり会話ができるようになったのだ。傍で寝ている人の夢に干渉もできるようになり、最近では、他人の一部を持っていれば、遠く離れた人の現実の会話も聞いたりできる。要は盗聴である。他にも訓練しているそうで、私が知らない能力も持っているだろう。

そのように、天恵持ちは訓練さえすれば、元の天恵を超えた能力を得ることがある。つまり天恵持ちではない人は、どれだけ訓練しても天恵は持てないが、元々天恵持ちであれば、訓練次第で能力を伸ばし放題ということである。

「そうだね。閣下が心配しているのも、そこなんだ」

パパを見ると、パパは隣に座っていた私を抱えて膝に乗せ、言った。

「ミリディアナには、訓練をしてほしくないんだよ」

「どうして？」

「訓練は精神的にも体力的にも、すごく弊害があるんだ。あの元気が有り余っているシオンでさえ、訓練は苦しいと言っている。ミリディアナは体が強いわけではないだろう。これ以上、ミリディアナの健康が害されることはしてほしくない」

「……うん」

「ミリディアナが心配なんだ。いつも元気でいてくれないと、私もフローリアも悲しい。分かってくれるか？」

「うん」

「訓練はしないでほしいけれど、動物遣いの能力を自然に使ってしまうのはいいからね」

「本当？」

「自然に使ってしまう能力を、使わないようにするには訓練するしかないが、それでは本末転倒であるし。ミリディアナは動物が好きだろう。いつも通り動物と戯《たわむ》れるくらいは問題ないよ」

「それって、いつもみたいにナナや三尾や一角と遊んでもいいってことだよね？」

「そうだよ」

だったら、私からは何も文句はない。訓練さえしなければいいのだから。

私の返事に、ほっとした顔をしたパパは、ナナを保護したときから心配だったのだろう。私が天恵持ちなら、シオンのように訓練すると言い出すのではないか、訓練で怪我でもするのではないか、訓練することでさらに病気がちになるのではないか、など。

いつも心配ばかりかけているのは分かっている。だから、パパの許容する範囲で、動物遣いの能力を使えばいいのだ。私だって、みんなに心配かけるのは不本意ですもの。

そして天恵の話は終わり、双子とネロは部屋を出て行った。私はナナと遊んで過ごすのだった。


私が動物遣いの天恵持ちだと、ディアルド、ジュード、シオンに報告すると、三人とも複雑な表情をした。特にシオンは「アカリエル公爵には天恵のことを絶対言うな」と注意してきた。

一般的に天恵を持っていても「天恵持ち」だとは言わないほうがいいことは分かっているため、言うつもりはないが、なぜ天恵持ちの血族というべきアカリエル公爵には特に言うなというのか分からなかった。訓練させられるということだろうか。

私たちに遅れて夏休暇となったエメルとカイルもダルディエ領に戻ってきた。エメルには私が動物遣いの天恵持ちだと報告したけれど、カイルには伝えなかった。兄たちがまだカイルには言うなと言うからだ。だからちょっと大きい猫を飼うことになったと、カイルには伝えた。

ナナは住まいを北部騎士団からダルディエ邸へ移した。

一般的な生まれたての猫は、人間の大人の手のひらサイズの大きさというが、ナナは四肢を除く頭からお尻まで約五十センチはあり、体は大きいのに顔が幼くて、とにかく可愛い。

猫好きのママはナナにでれでれで、ココは面白くないらしく、ときどき拗《す》ねている。ナナはだいぶ歩けるようになり、そうするといつも私のあとを追いかけてくるので、ますます私も可愛くて仕方がないのである。

ジュードにお願いして、特注の首輪を作ってもらった。雌雄がないので赤色の、リボン結びが可愛い首輪を作ったのだが、ナナに似合っている。

そして、去年作製を依頼した水着の試作品を、ジュードが数着見せてくれた。

私が着るものは、ワンピースタイプの水着で短いスカートが付いていて、さらにひざ丈までのズボンが付いている。本当はズボンではなく太ももが出るブルマ型にしたかったのだが、この国は足を出すことをあまり良しとしないので、苦肉の策である。

少し水着の話とは外れるが、足を見せるのは良しとしないのに逆に胸は見せ放題、というと語弊があるが、ドレスでも胸の上の丸みなんかは出しているデザインは多い。足隠して胸隠さず。

これをちぐはぐだなと思うのは、私だけのようであるが。胸の大きい人だけでなく、そうでない人も、コルセットで締め上げた腰の上に、寄せて上げた胸を強調させドレスを優美に着用するのだ。

と、少し脱線したが、つまりは水着の上半身は胸の形が丸わかりでも抵抗がなさそうなので、水着の胸の部分は前世のような鎖骨が大きく出るデザインにした。まあ、今の私はツルペタですけれど。

兄たち用には、上半身は裸でいいだろうということで、ひざ丈までの緩いズボンタイプである。前世のとほぼ形は一緒。

生地は前世と同じようなものはないので、いくつか濡れても伸びそうで、苦しくなさそうな生地を試してみた。そして出来上がったのがこの試作品である。

さっそくみんなで水着を着て湖で泳いだ。普段泳いだりすることがないのに、さすが鍛えているからか、運動ができるからか、兄たちはなんなく泳いでいた。そして私はなぜか泳げない。水に沈んでいく。なんでだ。運動神経がないのか。

ジュードやシオンに平泳ぎをしてもらいながら、私は背中に乗せてもらう形で泳ぐことになった。とにかく水が綺麗で魚もいるし、水草なんかも綺麗に見える。上から見ると湖は深くなさそうに見えるが、ディアルドやジュードでも足が付かないので、思ったよりは深そうである。

それにしても。さすがダルディエ家の兄たちは、普段から訓練や鍛錬をしているからか、みんないい身体をしている。細マッチョというのだろうか。休憩時のために、使用人たちが飲み物や軽食を用意してくれているが、その使用人の女の子たちが顔を赤らめてきゃっきゃしている。よかったね。

私の場合、よく騎士団へ行くので兄関係なく上半身裸の男性はよく見る。訓練後は暑いのか裸になる人が多いからだが、そういうので見慣れているので、何とも思わない私はおかしいのかもしれない。いや、兄妹だからなのか。

ちなみに、うちでは頭脳派のエメルでも、少しは鍛錬しているようで体つきは悪くない。カイルも毎日鍛錬していると言っていたし、二人とも上手に泳いでいる。やはり私の運動神経は全部兄たちに吸い取られているに違いない。いくら体が弱いとはいえ、運動神経にここまで差があるとは。

水着については泳ぎやすかったので、ジュードは来年の販売を目指すと言っている。まずは貴族向けがメインとなるだろうが、いずれは平民などにも販売することになるだろう。

しばらくはこの湖で遊ぶくらいだが、いずれは海で遊べるようになるといいと思う。ただ失敗もあった。日焼けするのである。兄たちは日焼けしても問題ないようだが、私はとにかくヒリヒリして熱まで出てしまった。

だから、次に泳ぐ時は、湖の横の木と木の間に紐を渡し、そして大きい布で屋根のように覆ってから、それでできた影の下で泳ぐ対策をとった。日焼け止めが欲しいところだが、そういうものを作るのは今は難しいのである。

夏休みを十分楽しみ、先にエメルとカイルは帝都へ帰っていった。

夏休暇とはいえ、ディアルドやジュードは遊んでばかりということはなく、騎士団へ行ったりパパの仕事を手伝ったり、ジュードは商会の仕事もしていた。また、強欲な姉が二人いるカロディー家の執務代行については、休暇中はパパの代わりにディアルドとジュードが対応していた。

私は一度ジュードと一緒にカロディー家へ行ってみた。以前会ってから一年が経ち、三女ユフィーナがどうしているのか気になったからだ。

カロディー家の長女と次女は、跡継ぎではないジュードには興味がないらしく、来たのがディアルドではないと知ると、明らかに手抜きの態度になった。その露骨さに、呆れた気持ちになるが、ジュードは気にも留めていないようなので、問題ないことにした。

長女と次女がジュードに興味がないのは、ジュードがあまりにも美人なものだから、自身の美貌に自信のある彼女たちからすると、なにやらライバル心のようなものが沸き上がるからかもしれない。

確かにジュードは美人である。百八十センチ近い身長でママ譲りの美貌と美しい金髪は、女神のようだと思う。だが、そこには注釈が入る。

――黙っていれば。

口を開けば、声は男で口調も男、そして美しく笑いながら毒を吐くのである。私は怒られたことなど一度もないが、シオンや双子なんかは小さい頃からジュードによく怒られていた。

だからか、シオンや双子が何かイタズラや企んでいることがあっても、ジュードにだけは見つからないように、と巧妙に隠す癖が付いていた。

それにジュードは好き嫌いが激しい。表向き、それを顔に表すことはしないし、他人はそれに気づかない。けれど今回も、長女と次女と初めての挨拶で握手をした後、執務室に入った途端、着用していた手袋をゴミ箱に投げ捨て、「卑しさがにじみ出ているな」と吐き捨てていた。

残念。長女、次女、バレてますよ。

長女も次女も、跡継ぎではないジュードには興味がないだろうが、うちの兄妹の中で敵に回すべきでない筆頭がジュードである。彼女らに未来はないな、そう思いながら、私は三女ユフィーナとお茶をするべく部屋を移動した。

ユフィーナのほうはというと、家庭教師、マナーや教養の先生が付いて、かなり学ぶことがあったらしい。以前と比べものにならないくらい明るくなっていた。知識を得ていることが自信に繋がるのだろう、いつかは長女や次女に負けないと、弟を守るのだと、はっきり口にしていた。

ユフィーナは女性の学園へも通う予定だという。

いつかは長女や次女に負けないというが、私が見る限り、その未来は遠くないかもしれないと思った。

カロディー家の問題の、解決までの道のりが順調そうなのを確認し、ジュードの仕事終了と共にダルディエ家へ戻った。


夏休暇の最後の頃、パパから驚きのプレゼントを貰った。なんと、家である。

ダルディエ家の敷地内に、新しく小さくて可愛い家を作っているのは双子と見たので知っていたが、それがまさかの私へのプレゼントだった。

ダルディエ家の子供は、昔は早世だったことから、まじないのような感覚で男女の名前をそれぞれ付ける。私の場合は、ミリディアナとルカルエムである。八歳を超えて成長できる子が少なかったことから、八歳になると成長できた記念で特別なプレゼントを貰うしきたりがあるらしい。

だからって、家って。

なんで家なんだ。

参考のため双子は八歳のときに何を貰ったのか聞いたところ、特別な遊び場を貰ったらしい。自分たちでパパに要望したらしいが、特別とは何ぞ？　と思って聞いたら、双子はニヤっとしたので、怖くてそれ以上は聞かなかった。きっとろくでもないことを要望したに違いない。

とにかく、どうすればいいんだ、この家。

さすが女の子用の家ということで、家の外も中も可愛らしい作りだ。三階建てで、可愛いキッチンや風呂、ベッドルームがいくつかあるが、普段本邸で暮らしている私がどうやって使うんだっていう。

どうやらパパは、私がぬいぐるみを持ち歩いて、お茶をする時はそれを横に座らせて一緒にお茶したり、一緒にピクニックに行ったり、一緒に勉強している姿を見て、そうだ、家だ！　と思ったらしい。なんでだ。

この一軒家でおままごとをしろと？　途方に暮れるとは、こういうことを言うのだろう。

とりあえず、管理してくれる使用人のおじいちゃんがいるので任せることにした。時々ナナと遊ぶ場所としておこう。

そうこうしているうちに、ディアルド以外のテイラー学園に通う兄たちは、帝都へ帰っていった。

第四章　末っ子妹は憧れを知る

ダルディエ領の秋、私は勉学に励んでいた。

実はダルディエ領へ戻ると同時に、家庭教師のおじいちゃん先生も帝都から一緒に付いてきてくれている。私が先生が好きで、また相性も良いからだ。先生がおじいちゃんなこともあり、私一人にのんびりと教えるのが丁度良いようで、そのままうちに住んでもらっている。マナーの先生はダルディエ領までは来られないというので、後任の先生が来る予定である。

普段、おじいちゃん先生と勉強する傍ら、最近は侍女と護衛を連れてダルディエ領の街を見て回っている。最近は三時間ほどなら街へ行ってもいいと、パパの許可も出ていた。

そうやって街で買い物を楽しんでいたある日、街のある一角で騒ぎがあった。昼間から飲んで騒いでいた男たちが、若い女性二人に絡んでいたのだ。街の警備を呼んでこようか迷っていたとき、とある男性が圧倒的な力で酔っ払いの男たちをねじ伏せた。

「かぁっこいいー」

思わず呟いた。女性二人は泣きながら感謝し、それを見ていた街の人たちからも歓声が上がっている。

「あれはウェイリーですね」

護衛が言った。

「知っている人？」

「この街では有名ですよ。揉めごとなんかをまとめてくれたりするんですが、本業は金貸しと傭兵貸しをしています」

確かに揉めごとには強そうな強面である。力も強そうであるし、イケメンである。

「確かに有名ですけれど、女好きとしても評判なんですよ」

侍女が話に入ってきた。

「飲み屋で彼を取り合って女同士の争いがあったとか、女性との約束が重複していて、結局三人でデートしたとか。気持ちは分かりますけれどね、いい男ですからねぇ」

侍女はうっとりとしている。確かにウェイリーは良い男性だった。この世で一番かっこいいのはパパだと思っているが、ウェイリーも私の好みに近い。颯爽と現れて、酔っ払いを退治してくれるところなんかも、惚れる要素であろう。

「ちょっと、付いていってみようか！」

「……お嬢様？」

ウェイリーを遠くから追う私、それを追う侍女と護衛の構図ができあがった。

それからというもの、街へ出ればウェイリーを探し、付いていく日々が続いた。

これがなかなか楽しいのである。女性と遊んでいる場面があったりするが、金貸しという職業柄か、ガラの悪い人たちといるときもあって、襲ってくる人なんかを軽々と捌《さば》いている。それを見て、かっこいい！　と、きゅんとするのだ。侍女は一緒になって楽しんでくれているし、護衛は少し呆れ顔だが、私が危険でなければ問題ないようで付いてきている。

ああ楽しい。かっこいい姿を見られるし、どんな女性が好きなのか、好きな食べ物や好きなお酒などを調査しているとき、はたと気づくのだ。私はストーカーかもしれないと。

◆　◆　◆

その日、ディアルドは午前中は騎士団へ行き、午後は仕事で人と会い、帰り際に街へ寄っていた。いくつかの用事を街で済ませると、途中で栗がたくさん売られているところを横切って戻ってくる。

(もう栗が出ているな。ミリィが好きだから買っていこうか)

料理長にマロングラッセにしてもらおうと思っていると、護衛が動いた。

後ろには見たことのある男が立っており、護衛が警戒している。

「君は……何か用だろうか」

ディアルドはこの男と直接に会話をしたことはないが、ある男といるところはよく見る。

「一応、報告するようにと、うちのボスからのお達しがありまして」

「……何の話だ？」

「私たちは何も悪くないことは、言っておきますよ？」

男はニヤっと笑うと言った。

「あなたの妹さんを、預かっていましてね」

その言葉を聞いて、冷静さを装うのに苦労した。

それから男が付いてこいと言うので、あとを追った先には、街で人気のカフェがあった。個室も完備しているため、密談にも使えるのだ。その個室に案内されて入ったところ、ミリィはのほほんとウェイリー・スマルトとお茶を楽しんでいた。

「ミ、ミリィ？」

「あら？　ディアルド！」

ミリィの後ろには侍女と護衛が控えている。

「どうしてここに？　ディアルドもお茶をしに来たの？」

上機嫌でお茶をしているミリィに脱力してしまいそうだった。

「どうしてここに、は俺のセリフだよ。どうしてウェイリーとお茶をしているの？」

「どうしてって……。いつも一緒に行動していたら、お話ししたくなるでしょう？　お話しするならお茶も一緒にどうかなって思って、ウェイリーさまをお誘いしたの」

「……」

言っている意味が分からない。いつも一緒に行動とはどういうことだろうか。

そのウェイリーはディアルドたちを見て、ククと笑っている。

「どういうことか、教えていただいても？」

「いいですよ」

ウェイリーはニヤっと笑い、話し始めた。

いつからか変な子供につけられていることに気づいた。どうやら金持ちの娘のようだが、侍女や護衛がくっついていて、いつかはいなくなるだろうと思っていた。ところが頻繁についてきては、こちらを見ている。いつもいる。さすがに要件を聞こうと思い、この店に入って待ち伏せをすると、すぐにあとを追って入ってきた。しまった、見つかった！　という顔をしたのは一瞬で、すぐにその子供はお茶でもどうですかと誘ってきたという。それで今に至る。

「その子供が、ミリディアナですか……」

「だな。まあ、お嬢ちゃんがダルディエ家の子だというのは、割と早々に知ってはいたんだが」

頭が痛い。

「ミリィ、どうしてウェイリーをつけたの？」

「だって、女の人をぱっと助けてカッコ良かったんだもの！　ミリィとよければお友達になっていただけないかと思って！　でもお友達になる前にウェイリーさまがどういった方なのか知りたいでしょう？　だから調査したの！　……ところでウェイリーさま？　花屋の売り子のお姉さんと本屋の三階に住んでおられるお姉さんと時々宝石を買いに来られる貴族の奥様の中で、どなたが一番お好きなのかしら？　好みはどの方？」

ウェイリーは目を丸くすると、途端に笑い出した。

「あはははは！　よく見てるなあ、お嬢ちゃん。確かに三人とも付き合ってるけどよ。他にも俺を離さない女が大勢いてな。一人に決められないいんだ。悪ぃな、お嬢ちゃん」

「まあ残念。けれど好みはあるでしょう？　胸は大きいほうがいいとか、細身がいいとかいろいろと。参考にしたくて」

「なんの参考なの？　ミリィには必要のない情報だよ！」

「だってディアルド、ミリィは成長中でまだこれから伸びしろあるもの。いかようにも好みに近づけられると思わない？」

「ウェイリーとどうにかなる予定なの⁉　まだミリィには早いよ！　俺が許さないからね⁉」

「ディアルド、まだ先の話よ。今は好みを聞いておきたいだけ」

その好みを聞かれている男は、腹をよじって大爆笑中である。腹立たしい。

それにしても、どうしたらいいんだ。ディアルドには珍しく眩暈《めまい》がする。

「と、とにかく、今日は帰ろう」

「え、でも、まだお話を……」

「栗を買ってあげるから！　さっき売ってた！　料理長にマロングラッセを作ってもらおう！ね！」

「……栗。うん、分かった」

よし、まだ栗の威力は健在だ。有無を言わさずミリィを抱えると、ミリィはウェイリーに手を振った。

「ウェイリーさま、またお会いしましょう！」

「おー」

またがあるのか。しかもウェイリーめ、なぜ拒否しない。

それから急いで屋敷へ帰った。栗を買うのは忘れなかったが。

少し考える時間が欲しかったため、ベッドに入るまでこの話はしなかった。

そしてベッドの中でミリィに向き合う。

「ミリィ、やっぱりもうウェイリーには会わないでほしいな」

「どうして？」

「ウェイリーとは年も離れているだろう？　ミリィはまだ八歳だよ」

「恋に障害は付きものよ？」

「ミリィ……お願いだよ」

ミリィはぷくっと頬を膨らました。

「分かってる。ウェイリーさまと本当の恋をしようとは思っていないの。でも人をカッコいいと思ってしまうのは、仕方がないでしょう？」

「それはそうだけれど」

「分かった。もう付いていったりはしない。けれど、たまたまウェイリーさまと街で会ったら、挨拶するくらいならいいでしょう？　ウェイリーさま、変な人じゃないもの」

「……それくらいなら」

分かっている。ウェイリーはああ見えて、常識人だ。ミリィが付いてきているのも分かっていて、そしてディアルドにちゃんと知らせてくれる。何度か一緒に仕事をしているが、仕事もちゃんとしているのだ。

それでも、ミリィがウェイリーと近づき過ぎるのは、すごく嫌だと思う。なんだかなあと思いながらミリィを抱きしめる。

「ねぇディアルド？」

「うん？」

「ディアルドは帝都に恋人を置いてきたの？」

思わず顔を上げた。

「バルトがディアルドには恋人がいるって言っていたけれど」

よし、バルトはまた説教だ。だいたいろくでもないことをミリィに教えるのは、いつも双子なのだ。

「置いてきていないよ。別れたもの」

「そうなの⁉　残念。どんな人か知りたかったなあ。あのね、パパとママの出会いの話、聞いたことある？」

「あるよ。皇帝陛下と皇妃陛下の結婚式で出会ったという話でしょう」

皇帝と皇妃の恋物語は有名だ。しかし我が父と母の恋物語も有名なのである。

結婚式に参加するため、ザクラシア王国から国代表として母フローリアがやってきた。その場で、父と母は出会い、お互い一目惚れだったという。ザクラシアからやってきた姉妹が二人とも一目惚れで結婚するという、嘘のようで本当の話だ。

とはいえ、母フローリアの恋は予定外だったために多少の横やりがザクラシア王国からあったようだが、皇妃が味方になってくれたお陰で、めでたく結婚できたらしい。それから今でも父と母は新婚かというくらい仲が良い。

「そうなの！　一目惚れですって！　素敵よね！　いいなあ、ママ。ミリィもパパと結婚したい」

「え」

「パパ、カッコいいもの！　あの鋭い瞳とか素敵でしょ！　怖そうなのにとっても優しいでしょ！　でもパパとは結婚できないよねぇ、重婚になってしまうものね」

確かに重婚はできない。グラルスティール帝国で重婚が認められているのは、第三皇妃まで娶ることが認められている皇帝だけである。

「……重婚の前に、父と娘は結婚できないからね」

「そうなのよね、残念。だからパパは諦める」

「……ところで、ミリィは兄様の中では誰が一番好きなのかな？」

「え？」

「兄の中で、誰が一番好き？」

「ディアルド、それはパパとママのどっちが好き？　って聞くのと同じくらい重罪の質問よ。ミリィはお兄さまみんな大好きなんだから」

「……ごめんなさい」

つい聞きたかった質問をしてしまった。ミリィに怒られ、反省である。

とはいえ、ミリィは父が一番好きなのか、というショックはあるが。

「でも恋人と別れたのなら大変ね。ディアルドにもお見合いの話とか来ているのでしょう?」

「そうだね……」

ダルディエ公爵家の長男ということもあり、お見合い話は小さい頃から多い。テイラー学園でもディアルド目当ての誘いは多数受けたし、夜会や舞踏会などに出席すると目の色変えた女性たちが熱心に誘いをかけてくる。ディアルドも子供ではないし、多少は遊びもしたが、どこか冷めた目で彼女らを見ている自分にも気づいていて、そんな自分に嫌気が差したのも事実だ。

両親のような燃えるような恋をしたいわけではない。それでも多少は熱のある恋愛をしてみたいとは思う。

「お見合いの人たちの中で、いい人はいた?」

「気になる人は、なかなかいないかな……」

お見合いに欠かせない釣書も送られてくるが、そういうものはだいたい誇張されているし、参考にならない。だから見る気も起きなくて、執務室の本棚に積みあがっていくばかりだ。

「でもディアルドはまだ若いし、焦らなくてもいいと思うの!　いろんな人と恋愛してみればいいわ。ほら、こっそり二股とか三股とかも、バレないならいいと思うの!　なんなら口裏合わせはミリィにまかせて!」

「ミリィ?　前々から思っていたのだけれど、どうして複数の人と付き合うこと、ミリィは肯定派なの!?」

今日のウェイリーの件しかり、ディアルドの友人グレイしかり。なぜか二股を肯定し、あまつさえ協力しようとするとは。

「いつでも肯定するわけじゃないのよ？　婚約や結婚をしているのに浮気や不倫は駄目だと思うの。でもディアルドはまだ婚約しているわけじゃないもの。みんな婚約まではお互い納得の上でいろんな人と同時進行でお見合いをするというし、生涯連れ添う人を決めようというなら、できるだけディアルドの心が動く人がいいと思うから」

ディアルドよりミリィは大人なのかもしれない。年相応に子供だったり、甘えたがりだったり、大人なところがあったり、ミリィはいろんな面を持っている。

「うん、ゆっくり考えるよ。大丈夫、焦ったりはしない」

「あ、でもね、私と妹のどっちが大事？　って聞く人は嫌だなあ」

「うん？」

「ディアルドはミリィのお兄さまだもの。ミリィだってディアルドに甘えたいときがあるでしょう？　それを嫌がる人は、ミリィが嫌なの」

「あはは、そうだね、俺もそんな子は選ばないよ。俺だってミリィに甘えてもらえなくなるのは悲しいもの」

「ふふふ。ディアルドとミリィは相思相愛ね」

「そうだね。すごく愛してるよ、ミリィ」

「ミリィも」

本当に可愛いくて愛しいミリィ。そんなミリィより大事に思える存在が、いつかできることなどあるのだろうか。そんな日は来ない気がする、そう思いながら、ミリィの頬にお休みのキスをし、共に眠りにつくのだった。

◆　◆　◆

季節は早いもので冬休みとなり、帝都から兄たちが戻ってきていた。ジュードと一緒に街へ買い物へ出かけたついでに、現在街のダルディエ公爵家の持つレックス商会へやってきている。

昔から細々とやっていたレックス商会は、パパの代までは公爵が会頭ではあるものの、経営自体は人に任せていた。しかしジュードが経営に興味があり、小さい頃から関わっているので、ジュードの卒業と同時にジュードが会頭となり引き継ぐ予定となっている。

私が欲しいものやママが欲しいものを開発し、それを後に商品化して販売したりしているのだが、今のところ上手くいっており、ジュードが商会に関わりだしてから商会自体も大きくなっている。現在ではダルディエ領と帝都、そして国の東部ラウ領にも店舗があり、今後も広げていく予定だ。

ジュードは少し仕事があるというので、レックス商会の二階からお菓子を食べつつ街を眺めながら終わるのを待っていた。

(あれ？　双子がいる)

街を歩く双子は、今年十四歳なのだが、複数の女の子を連れて歩いていた。きゃっきゃと双子も女の子たちも楽しそうにしている。女顔のジュードは男性服を着ていても街でナンパされるのだが、それを見て双子はいつも笑うのだ。モテるなら断然女の子が良いと。

(昔から双子は女の子好きだもんね)

イタズラ好きで、兄の説教なんて笑い飛ばすし、いつも人をおちょくっていたりするのだが、女性には優しいのが双子である。うちの使用人の女の子にも人気があるし、イタズラされて怒ればいいのに、それを双子だからと笑って許す女の子の気持ちが分からないでもない。私もからかわれて遊ばれるのは赤ちゃんの頃からだが、やりすぎな目に遭うことはない。双子はイタズラにもちゃんと線引きをしていて、これ以上やったら駄目だという境界線を弁えているからかもしれない。要は、双子のやることを本気で嫌だと思ったことはないのだ。

(加減がうまいんだよね)

複数の女の子たちと一緒にいても、たぶん双子がうまく関係を築いているのだろう。二階から見る限り、嫌な顔をしている女の子はいない。

シオンとは真逆である。シオンといえば、今頃騎士団にいるだろう。双子と違って女の子には今のところまったく興味はなさそうである。

(女の子というより、人に興味がないのか)

天恵があるから、昔から人と距離を取りがちのシオンは、必要最低限でしか人と接しないのだ。それでも天恵の訓練のお陰で色々と制御が効くようになったので、昔よりはマシになったとは思う。ぶっきらぼうであるし、思考のぶっとび具合は兄弟一だとは思うが、私のことは庇護しなければならないという認識が強いのか、いつも優しいし気に掛けているのは伝わる。私が上の兄に駄目だと言われるようなことがあっても、こっそり裏で支援してくれるのがシオンなのだ。

まあ、それが男関係だと嫌のようなので、言わないが。ウェイリーを私がストーカーしていた件は、今のところディアルドは他の兄たちには言っていないようである。もうストーカーはしないとディアルドには約束してしまったので、していない。街で偶然会ったら、話すことくらいはするけれど。ウェイリーはやはり男前なので、会えばテンションが上がるのである。

「お待たせ、ミリィ。行きたいって言っていたチーズの店に行こうか」

「うん」

ジュードの声かけで私たちはレックス商会を出るのだった。

それから数日後。シオンと双子と共に北部騎士団へやってきていた。

騎士団へ行くときの私の恰好は、もうおなじみの男装である。エメルが着ていたものを着ているのだが、ジュードが新しい男装の服を作ろうと言うけれど断った。服にそこまでこだわりはないし、動きやすければいいのだ。伸びた髪の毛は侍女に一つに結んでもらうため、自分でも普段のジュードに似ているなと思う。

以前ジュードに作ってもらったジュードの金髪を使ったカツラだが、これも使ったり使わなかったりである。ただ少し頭が大きくなったのか微妙にサイズが合わなくなってきたので、時々微調整をお願いしている。ダルディエ領では私の虹色に輝く神髪も見慣れてきたほうではあるが、やはり目立つ。だから帝都に行ったときは、ジュードの金髪カツラをよく使っている。

それから騎士からの私の呼び名だが、最初は女の子の恰好と男の子の恰好で呼び方を変えるようにお願いしたのだが、なかなか統一しない。お嬢さま、ミリディアナさま、ルカさまだったり、混乱するようなので、どんな恰好の時でも騎士からはルカと呼ぶようにお願いした。少年の恰好のときにミリディアナやお嬢様と呼ばれるより、女の子の恰好のときにルカさまと呼ばれるほうが違和感がないから、という判断である。

今日騎士団へやってきたのは、三尾の巡回に連れていってもらうためである。ザクラシア王国との国境があるダルディエ領では、定期的に三尾に乗って国境を巡回している。三尾とはよく戯《たわむ》れていたが、まだ一度も背中には乗せてもらっていない。というのも、私が三尾に一人で乗っても落ちてしまうからである。馬にも一人では乗れないのだ。そのうち馬に一人で乗る練習をしたいところだ。

普段三尾には手綱は付いていない。三尾は人の言葉を理解するので、背中に乗って指示を出せば、行きたい方向へ向かってくれるのである。だから乗っている人は振り落とされさえしなければいいのだ。ただそれにも体幹や足の力が必要らしく、私には難しい。だから今日は私が乗る三尾にだけは紐が付いていた。私が落ちないように支えるためだけの紐である。またシオンが一緒に乗ってくれるので、私が落ちることはまずないだろう。

風邪をひかないように暖かくし、フードで頭を、布で口を、ゴーグルで目を覆い、出発である。

「わぁぁぁ」

三尾は山の凸凹などものともせず、すいすい走っていく。雪がちらつく中、風を切って静かに走るのだ。シオンがいる安心感があり、まったく怖くなく、むしろ楽しい。かなりのスピードが出ているはずだが、振り落とされることはない。途中で何度か国境の断崖絶壁を確認しつつ、いくつかある北部騎士団の拠点の一つで一度、休憩をとった。双子が背負っていた軽食で腹を満たす。

「ミリィ、怖くない？」

「大丈夫！　楽しいよ。それより、ミリィが乗って三尾は重くないかな？」

シオンと二人分の体重が乗るのである。

「大丈夫だよ。俺たちより重い大人が乗ることもあるから」

確かに騎士の中には、かなりの筋肉質な人や背の高い人もいる。

三尾たちにも水分を与え、それからまた出発をするのだが、あっという間に国境の端までやってきてしまった。拠点では一度、交代で見張りをする騎士と業務報告をする必要があるらしい。

「何か不備は？」

兄たちが騎士と業務報告をする中、私はその拠点の屋上からザクラシア王国側を見てみた。雪がちらつく上に離れているため、ザクラシア王国の断崖絶壁など全く見えない。

「ミリィ、帰るよ」

「はあい」

業務報告が終わると、私たちはとんぼ返りである。行きとは違う道なき道を走り、途中で休憩を挟み、北部騎士団本部を目指す。

「うん？」

「どうした」

「何か聞こえた。ちょっと止まって」

シオンが声をかけずとも、三尾は私の声で止まる。それを見た双子を乗せる二匹も止まった。

「あっち」

私が指さすほうへ、三尾が走り出す。

どこかで聞いた、私を呼ぶ声。『こっち』、そう言っている。これは。

「ナナの時に聞いた感じと一緒だ」

「……動物遣いの力か」

声が聞こえたあたりで三尾から降りる。雪が積もった地面と、背の高い木があるだけだ。

私は声がする雪の下を指す。そこは地面がぼこっと盛り上がっていた。

「ここだと思うのだけれど」

双子とシオンは顔を見合わせ、雪を掘り出した。すぐに岩が顔を出す。岩の上の雪を払うと、やはりゴツゴツとはしているが、卵型のような丸みをおびていた。ナナを見つけたときの化石よりは大きい。

「これも猫ちゃんかな？」

わくわくが止まらなくて、岩を触ると、ゴツゴツとした表面がポロポロと取れた。そして中から滑らかな卵が現れた途端、卵にヒビが入りだす。それから卵の殻が落ちて現れたのは。

「え、馬？」

「これは……一角だな」

「一角？　角ないよ」

「あるよ。まだ小さいけれど。頭触ってみて」

「……あ、本当だ！」

猫ではなかった。ぼこっとした小さい角を生やした一角の赤ちゃんが、よぼよぼと可愛い動きをしていた。

「可愛いね！」

「……本当にミリィは動物遣いなんだな」

「シオンは見るの初めてか。俺らはナナのときに見た」

「ミリィ、力使って疲れていないか？」

「大丈夫よ」

そもそも力を使っているという感覚さえない。

「どうする？　これ」

「連れて帰るにしても、三尾には乗せられないでしょ」

シオンと双子が悩んでいるところ申し訳ないとは思うのだが、手を挙げた。

「あのね、どうやらもう一頭いるかもしれないの」

「……え？」

私は雪が盛り上がっている別の場所を指さした。兄たちは無言になった。

結局、もう一つの声も聞こえていた私の意見で、再び化石を掘り起こした。中から生まれたのは、また一角であった。

二頭の一角は私をママ認定しているようで、私はそこから離れられなくなってしまったため、いったん双子が人を呼びに騎士団へ向かった。私はというと、温かい三尾にくっついていろとシオンが言うので、三尾にくっついたまま一角と戯《たわむ》れていた。

双子が戻ってくる頃には二頭の一角は歩けるようになっていた。ただ生まれたばかりで騎士団まで歩いてもらうのは難しい。馬車などが入れない山奥であるので、双子は騎士と成人の一角を連れてきてくれた。成人一角のお腹の左右には、背中から紐を通す形で木で作られた箱が二つ括り付けられている。赤ちゃん一角をそれぞれ箱に入れて、成人一角が運ぶのだ。箱からちょこんと顔を出す一角が可愛い。

そうして、騎士団にいる一角ファミリーに、赤ん坊一角が二頭増えたのだった。

◆　◆　◆

社交シーズン目前、両親とディアルドと私は早めに帝都入りした。テイラー学園の短い春休みを利用して、グラルスティール帝国の東にあるラウ領を訪問することが決まったからである。

ラウ領はラウ公爵家が治める地で、ラウ公爵はパパの親友だった。

パパの親友は三人いる。アカリエル公爵、ラウ公爵、そして皇帝陛下である。その三人は、テイラー学園で仲良くなって以来、今でもずっと仲が良いようだ。

以前カイルが皇太子と聞いてから、ルイパパは皇帝なのだと気づいたのだが、ルイパパとは祭り以来、会ったことはない。

今更ながらルイパパなんて呼んでもいいのかと思う。しかしカイルが公な場でなければ、そう呼ぶほうが喜ぶだろうというので、もしプライベートで会うようなことがあれば、ルイパパ呼びをチャレンジしてみようと思う。怖いけれど。

グラルスティール帝国には、四大公爵と呼ばれる人たちがいる。別名北公の我がダルディエ公爵、西公アカリエル公爵、東公ラウ公爵、南公バチスタ公爵である。南公だけはパパたちとは年代が違うので、学園で一緒になることがなかった。だからパパと南公の関係は良くもなく悪くもなく、というところらしい。

ラウ領には、グラルスティール帝国の中で帝都に次ぐ大きな街がある。また帝都から馬車で一日半ほどと距離も近い。だから学園の短い春休みを利用して行けるのである。

――くしゅん
「風邪ではあるまいな？　熱はないようだが」

パパが私のおでこに手を当てる。今日はくしゃみがよく出る。まだ雪の降る日もあるダルディエ領とは違い、帝都やラウ領はすっかり春めいていた。

「顔色は悪くありませんし、もう少し様子をみましょう、ジル」

ママも私の頬に手を置き、顔色を確認している。

現在ラウ領へ向かう馬車の中。三台に分けて家族が乗っている。一台目は両親と私と猫のナナ、二台目はディアルドとジュード、三台目は双子である。エメルはカイルと忙しいため来られず、シオンは行きたくないと来なかった。シオンはアカリエル公爵家で訓練をしたいらしい。屋敷の外には見えてきたラウ公爵邸は、やはり四大公爵家なだけあり大きい上に豪華である。屋敷の外にはずずらりと使用人が並び、公爵夫妻、そして三人の令嬢と一人の令息が立っていた。

パパとママが最初に馬車を降りる。私はジュードのエスコートで馬車を降り、ジュードと手を繋ぎながら歩みを進めた。ナナは自分で付いてきていた。兄たちは面識があるようだが、私はラウ公爵家の面々と会うのは初めてである。

屋敷前で軽く挨拶を交わす。そして全員で屋敷の部屋に移動し、夕食まで軽くお茶をしながら会話を楽しむ。

ラウ公爵家の子供たちは全員で四人。長女オリビアは十六歳、次女アリアは十四歳、三女リリーは十歳、そして長男ルーカスは私と同じ八歳である。公爵と名の付く家はどこも美形ぞろいだな、と言いたくなるくらい美女と美男の姉弟だった。

オリビアはディアルドが気になるのか、嬉しそうにディアルドと話をしている。アリアは双子と年齢が一緒であるし、そこにリリーも加わり会話が弾んでいた。ルーカスはジュードと剣の話を楽しそうにしていた。私はというと、くしゃみが定期的に出るし長時間馬車に乗っていたことも影響しているのか、疲れてしまっていた。

結局その日は、私は大事をとって晩餐会には参加せず、ナナと部屋でゴロゴロして過ごすのだった。

そして次の日。心配していた熱も出なかったため、ラウ家自慢の庭をラウ家とダルディエ家が総出で散歩をすることになった。目的地は庭先にある離れの別邸で、自然に囲まれて昼食をするらしい。

「ミリィ、おいで」

「自分で歩けるよ」

「うん、でも今日は無理をしないほうがいいから」

体調が悪くなることを気にしてディアルドは言うが、私も少しは歩きたい。けれど確かに体調は万全ではないようなので、仕方なくディアルドに抱っこされる。ディアルドと二人で並んで歩きたかったのか、オリビアが残念そうにしている。

途中で小川に橋が架かっているところを渡る。

「ディアルド！　川を覗いてみて！　魚いる？」

ディアルドの腕の中から川を覗くと、小さな魚が泳いでいるのを確認できた。ここは夏に川遊びができそうである。水着を売り込んでみるかと思案する。

そういえば、明日は海側にあるラウ家の持つ屋敷へ行くと言っていた。もしかしたら、そこでは海に入ることもできるかもしれない。

自慢の庭ということもあり、春の花が綺麗に咲いていた。確かに散歩するにも目が楽しくていい。

それから昼食をとって本邸へ戻ってくると、兄たちとルーカスは馬で遠乗りに出かけるという。

一緒に連れていってと言ったが、体調のせいで却下されてしまった。ふくれっ面をしていると、ママは苦笑して私を慰めてくれた。

次の日、二時間ほど馬車に乗り、海側にある屋敷へやってきた。屋敷のある敷地内には、プライベートビーチまである。まだ水着には早い時期ではあるが、気分は上がった。ジュードと水着販売の戦略を話すことも忘れない。

それからまだ海水は冷たいが、足だけ海水に浸けて遊ぶという双子とルーカスに、私も連れていけとお願いした。ディアルドやジュードは良い顔をしないが、双子は軽く了解してくれた。ただし、私は足だけでも海水に浸けてはダメと言われてしまったので、双子が交互に抱き上げてくれた。双子やルーカスが暴れまくるので、抱かれているだけの私も楽しかった。

それからその日は海辺の屋敷で一泊した。ジュードとベッドに入りながら、海の波の音が心地良く、次の日も穏やかに目が覚めた。

朝食を終えた後、みんながおしゃべりに夢中になっている中、私はナナとバルコニーから海を眺めていた。カモメが飛んでいて、前世と風景が似ていると思っていると、隣にルーカスが座った。何気にここ数日、ルーカスとはほとんど会話をしていないので困惑する。

「お前のとこ、兄がたくさんいていいな」

「ありがとう。ルーカスもお姉さまがたくさんいていいね」

「よくないよ。女なんて、たくさんいても煩いし泣くし面倒だし。剣術や体術の話もできないしつまらない」

「そ、そう？　ミリィも女だけど……」

「うん、お前もつまらなさそう」

　こいつ。殴りたい。

「お前全然歩きもしないじゃん。兄に抱かれてばっかり」

「だ、だって……」

「うちの姉より弱そう。ああ、あんな弱そうに見えて気は強いんだ、うちの姉たち」

　最後は声を落としてルーカスは呟く。

「ミリィは……すぐに熱が出るから」

「歩かないからだろ。そんなんじゃ体力も落ちるって」

　た、確かに。いや、この旅行は特に歩いていないけれど、普段はもう少し歩いているはず。散歩もしているし。

「俺ももっと小さい頃は風邪をひきやすかったりしたけどさ、騎士団で訓練を始めたら体力が付いて、あんまり風邪をひかなくなったよ」

「騎士団？」

「うん。東部騎士団。お前のところにもあるだろ、北部騎士団が。この前、新しい剣を作ってもらったんだ！　カッコいいんだよ！」

　ルーカスの目はキラキラとしている。

「剣術や体術って楽しい？」

「楽しいよ！　お前もすれば？　うちの姉は絶対嫌だって言うけどな。女も体力は付けたほうがいいよ」

「……体力を付けたら、病気に罹らないようになる？」

「俺はそう思うけれど？　あ、屋敷に帰るみたいだ、行こう」

パタパタと走っていくルーカスを目で追う。同じ年の幼い子に教えられてしまった。

確かに、体調が悪くなるから心配されて、できるだけ運動しないよう抱っこされて、動かないから体力が付かなくて、体力がないから体が弱くなって、と悪循環になっている気がする。私の身体が弱いことは間違いない。けれど、体力を付ければ、今よりは体が強くなるのではないだろうか。

両親や兄たちを説得するのは難しいが、少しずつでもいい、体力を付けるために体を動かすことを生活に取り入れていこうと決心する。

「ナナ、行くよ」

決心したことで少し気分が上がりながら、両親の元へ向かった。

ラウ領から帝都に戻ってきた私は、ママがティアママと会うというので、ジュードと一緒に私も向かった。実は一つティアママに面白い遊びを紹介しようと思っていたのだ。

いずれはジュードの商会で販売する予定であるため、ジュードも付いてきた。その遊びを実際にやってみせる意味合いもあった。

ティアママとは皇妃宮で会うこととなった。いつもは帝都の郊外にある離宮で会っていたため、皇妃宮で会うのは初めてだ。

少し緊張しながらで皇妃宮を訪ねたのだが、ティアママはいつも通りだった。

「こ、皇妃陛下、お招きいただきありがとうございます」

「ようこそミリディアナ。すっかり一人前のレディーですね。けれどいつものように呼んでくれないと寂しいわ」

「……ティアママ？」

「そうですよ」

ほっと息を吐く。そのほうが私も助かる。その時部屋のドアが前触れもなく開き、皇帝がやってきた。皇帝を呆れた表情で見たティアママは、扇子を口元へやった。

「また前触れもなく来られるなんて。来客中ですのよ」

「やあ！　いいではないか。私たちの仲だろう。フローリア、よくきたね。ジュードとミリディアナも」

驚いて口を開けていると、ママとジュードが立って挨拶をするので、私もそれに倣った。危ない、ぼーっとしている場合ではない。

「堅苦しいことは、なしでいこう。そういった面倒なものは、さっき部屋に置いてきたんだ」

呆れるティアママの頬に皇帝はキスをする。うん、普通の夫婦の一幕である。これが皇帝夫妻でなければ。ママやジュードを見れば、二人は特に慌ててもおらず、いつも通りの顔である。どうすればいいのか分からない私がおかしいのだろうか。

「ん？　それはなんだ、ミリディアナ」

そう言うと皇帝はあろうことか、私を抱え上げて膝に乗せてしまった。いやいや、いくら以前会ったとはいえ、数年前に一度であるし、それから久しぶりに会った子供を膝にあげるってどうよ。緊張しかしない。

ジュードを見ると、私を助けるかどうしようか迷った顔をしていた。そうでしょうね。

「えっと……ティアママに見せようと思って持ってきたの」

「ティアママ？　……ふーん。ミリディアナ、私のことは、何と呼ぶのだったかな？」

ひえっ！　ルイパパと呼べと!?　張り付いた笑顔が引きつる。

「ル、ルイパパ」

「よくできました」

パパ助けて！　背中を汗が伝っていく。

「いやだ、ルイ。うちのミリディアナに、いつの間にそんなふうに呼ばせるようになったの？」

「うちの……。君だって、ティアママなんて、いつの間に？」

ふふふふふ、と笑う皇帝夫婦が怖い。

嫌だ、これって夫婦喧嘩じゃないよね!?　私のせいじゃないよね!?

「あ、あのね！　ティアママとルイパパに面白いゲーム持ってきたの！　見てて！」

この空気をなんとかしなければ！

腕に大事に抱えていたそれをテーブルに置いた。ジュードがテーブルを挟んで向こう側に座り、口を開いた。

「実はオセロというゲームを作りました。いずれ我がレックス商会で販売を予定しているのですが、一番にお二方に楽しんでいただこうと思いまして」

そうなのである。勝手にオセロを我が家が開発したゲームとして販売しようとしているのです。ボードゲームとしてはチェスがあるのだが、なにせ私は最弱で、一度も兄たちに勝てたことがない。そこでもっと簡単なゲームなら勝てるかもと思い、前世でやっていたオセロを思い出したのだ。試作品でジュードにオセロを作ってもらい、兄たちと遊んでみたのだが、これがなかなか盛り上がるのである。最初は私も勝っていたので良かったが、いつのまにか兄たちに勝てなくなってしまったが。どうしてだ。

オセロのゲームルールを軽く紹介し、あとはジュードと二人でやってみせた。すると皇帝夫妻は興味を持ってくれた。今度は皇帝夫妻が対戦してみる。すると少しの差でティアママが勝った。

「あらあら」

勝ち誇ってみせたティアママに、ルイパパは黒い笑顔を見せた。

「次も勝てるとでも？」

それから二人は何度かオセロで対戦をして楽しんでいる。私はというと、皇帝夫妻のゲームが始まる前にジュードの膝に移動した。今日はジュードから離れたくない気分なので、皇帝夫妻のゲーム中、ずっとジュードの腕を私の肩から回し固定させておいた。もうここから一歩も動くまいという意思表示である。

その後、ルイパパは公務があると言って慌ただしく部屋を出て行った。それからいつものティアママとお茶の時間だったが、何やらものすごく疲れた日だった。

家に帰ってからママに聞いたところ、皇帝夫妻の怖い笑顔の応酬は喧嘩ではないらしい。よくよく聞いたら、どうやらあれはただイチャついていただけだった。いつものことらしい。あれでものすごく仲が良いというから、なんと高度な愛の応酬があるものである。ただ、初めて見た者からすると、普通に怖いからやめてほしい。

皇帝が遊びにやってきたのは想定外だったものの、皇帝夫妻がオセロに興味を持ってくれたのは上々だ。社交界で何かを流行らすには、もってこいの人材なのだ。ジュードとオセロの販売計画を立てているが、うまい具合に予定通りいきそうで満足だった。

今日はアカリエル公爵邸へ行くというシオンに付いて一緒に訪問していた。表向きはアカリエル公爵家の末っ子令嬢オーロラと戯《たわむ》れるためだが、実は別の理由があった。天恵に関する本を読ませてもらいたかったのだ。

ダルディエ家には本邸や別邸に立派な図書室があるのだが、天恵関係の本はほとんどない。しかしシオンによるとアカリエル公爵家は天恵を多く輩出する一族なだけあり、天恵の本があるというのである。天恵の訓練などは禁止されているのでするつもりはないが、私も動物遣いという天恵を持つ以上、先祖返りの動物たちの情報が分かるなら見たいと思っていた。

本来の目的は別にあるとはいえ、オーロラに関してはブラコンに育てるという使命があるので、もちろん布教活動に手は抜かない。
二歳のオーロラは可愛さ全開だった。私は姉妹がいないので、オーロラのことは妹のように思っていた。オーロラも私のことはミリィねーたま（ミリィお姉さま）と呼んでくれている。いつもアカリエル邸を訪問した時は、オーロラと二人で遊んでいるのに、今日はなぜかノアとレオと一緒に来たシオンまで傍にいる。変だなとは思っていたが、理由が判明したのは私が天井に飛ばされてからだった。

「シオンー！」

「大丈夫だ、落ち着け」
天井に飛ばされる前にとっさに手を握ってくれたため、シオンと共に飛ばされたのが幸いだった。床から天井までは四メートルはある。ここから落ちれば、私なら骨は間違いなく折れる。訳が分からずシオンに縋りつくしかない。

「すみません！　すぐに降ろしますから！」

「オーロラ、兄様を見てごらん、落ち着いて」
レオがオーロラを落ち着かせている間、ノアが私たち二人を見ていると、シオンと私はゆっくりと天井から降ろされた。泣きはしないが、驚きすぎて心臓がバクバクとしている。

「すみません、オーロラはまだ力を制御できないのです」

「力？」

「念力です。先日力を持っているのは分かったのですが、まだ訓練ができていなくて。ミリィと遊んでいて楽しくて興奮したのでしょう。楽しくなると力が勝手に出てしまうのです」

「さっき天井から降ろしてくれたのはノアでしょう？　ノアは制御できるのね」

「俺は訓練していますから。すみません、怖かったでしょう。用心のために俺らが待機していたのですが、シオンさんがいてよかった」

「ううん、いいの。オーロラはミリィと楽しんでいただけだもの」

なるほど、みんないたのは、そういう理由だったか。当の本人のオーロラは、次はこれで遊ぼうとおもちゃを持ってきている。無邪気である。

ノアやレオが念力を持っているのは何度か見かけたことがあるので知っていた。けれど、オーロラにまで念力があるとは。血筋ってすごい。ノアやレオは他にも天恵を持っているらしく、どんな能力を持っているのか全部は分からないが、天恵の名門なだけはある。

その後、しばらくオーロラと遊び、昼食を一緒に取って、オーロラはお昼寝の時間だというので、ノアに天恵の本を見せてもらうことにした。天恵といえば、基本的には公にするようなことではないので、本を見せることを渋られるかと思ったけれど、あっさり見せてくれた。

この時間はシオンも危険がないと思ったのか、訓練をするために去っていったので、今はノアと二人で図書室にいた。レオもシオンと一緒に訓練に行っているため、ここにはいない。

「ミリィ」

「何？」

「オーロラがさっきはすみませんでした」

「さっきも謝ってくれたでしょう？　気にしていないわ」

「……ミリィは本当にいつも通りですね。ああいうの、普通は怖がるものですよ」

「攻撃しようと思って使ったわけじゃないって分かっているのに、怖がる必要ないでしょう」

「……ありがとうございます。これからもオーロラと仲良くしてくれると嬉しいです」

こんなことをノアが言うのは、理由があったらしい。オーロラはまだ力を制御できないため、以前、オーロラの侍女を飛ばしてしまったことがあるというのだ。オーロラは侍女は可愛がっていたオーロラを急に怖がるようになり、その恐怖が元で辞めてしまっていた。当の本人のオーロラは、自分が何をしたのかまだよく分からないこともあって、その侍女を今でも探すのだという。

アカリエル公爵家は代々天恵を持つ一族であるため、使用人も彼らが起こす奇跡に多少は耐性がある。能力を見ても見慣れれば、仕事は仕事と割り切って行うプロばかり。内心思うことがあるかもしれないが、それでも仕事をしてくれるなら文句はない。アカリエル公爵家の使用人は給料が良いのだが、それには多少の危険手当も含まれているからだろう。けれど、やはり時々はオーロラの侍女のような者も出てくる。

人は自分が持たない力を怖がるものである。ダルディエ家の使用人の中にも、シオンのことを遠巻きにしている者がいた。私も、もし力を持っている人が知らない人ならば、間違いなく警戒をするだろう。ただ、シオンのことは知っている。ノアやレオやオーロラだって、普段がどんな子なのか知っている。彼らを知っているからこそ、彼らの持つ力を恐れる必要はないと分かるのだ。それだけ彼らを信用している。

私はノアの手を取った。

「もちろんよ。オーロラが大好きだもの」

ノアはほっとする笑顔を向けた。妹を心配する良い兄だ。

「それに、ノアやレオのことだって大好きよ。だから、これからもミリィと仲良くしてね」

「はい。こちらこそ、よろしくお願いします」

互いに笑顔を向けた。

それから、私たちは静かに本を読んだ。私は昔いたとされる先祖返りの本を見つけて、それを熟読した。絵が載っていて説明もあるので分かりやすい。

現存する先祖返りは、三尾たる狼、一角たる馬。それだけである。この帝都のアカリエル邸には先祖返りはいないが、領地には三尾と一角が飼育されていると聞いている。私が孵化《ふか》させた猫のナナについてだが、これは今のところ他家には伝えていないため、現存はしないことになっている。

本には、昔はナナなどの猫の他にも、象、トカゲ、犬、ムササビ、亀、牛なんかの先祖返りもいたと書かれていた。どれも今いる動物よりは大きい。先祖返りで一番強いのはトカゲだろうと説明されている。絵を見る限りトカゲは大きいが、それ以上に予想で描かれている象がとにかく巨大だ。

昔は、こんな大きな象がいたのだろうか。

「……うそ」

「どうしました？」

しまった、説明を読んで驚いた声が口に出てしまった。別のことで誤魔化さなければ。

「あ、うるさくしてごめんね。この馬のところなんだけれど、角が結晶化すると馬を探すことができるとあって、びっくりしたの。ノアのところにも一角がいるでしょう」

「北部騎士団にも一角はいるのでしたね。確かに一角が死んで残った角が結晶化すると、一角の化石を探すことができますよ。以前、うちにあったものを見たことがあります。今はその効力が切れてしまいましたが」

「効力に期限があるの？」

「そうみたいです。結晶化してから、だいたい数年程度らしいですが、正確な期限は角次第で変わるようですね」

なるほど、期限があるわけですか。それは本にもなかった情報である。聞けて良かった。とりあえず一角の話題で話を逸らしたが、私の気になる点は他にあった。けれどここでそれを口にすることはなかった。

その後、昼寝から覚めたオーロラと再び遊び、今はシオンとダルディエ邸へ戻る馬車の中である。

「面白い本はあったたか」

「うん、気になることが書いてあったの。ナナのことなんだけれど」

私が動物遣いの天恵持ちだとは秘密であるし、猫の先祖返りを孵化《ふか》させた話などできないので、あの場では黙っていたのだが。

「猫の涙は万能薬になるのですって」

「万能薬？」

「傷が治せたり、病気を治せたり？　それ以上の詳しいことは書かれていなかったのだけれど」

そしてもっと気になることが書いてあった。万能薬となるからこそ、はるか昔、猫の先祖返りがたくさんいた時代、猫は乱獲されていたというのだ。

今はどの先祖返りも貴重である。高い能力を持ち、人間とも共存できるくらいには人間に慣れやすく、そして何より少ない。また増やすことも難しい。

先祖返りはその能力の高さから、戦争に利用されることが多い。グラルスティール帝国でも、実は国の西にあるタニア王国との戦争が数十年に一度は起きている。タニア王国はまさにアカリエル公爵領のすぐ隣であり、小さな小競り合いは今もよく起きているらしい。私が生まれてからはまだ一度も大きな戦争とはなっていないが、タニア王国はいつもグラルスティール帝国を狙っているという。

小競り合いが多いからこそ、国にある六つの騎士団のうち、西部騎士団はとにかく屈強であり、また一角の騎馬隊も所有する。つまり西部騎士団には一角がなんとしても必要で、アカリエル公爵家所属の動物遣いは一角を増やすことが一番の仕事となっているらしい。タニア王国もアカリエル公爵家ほどではないが、一角を戦争に投入してくるのだという。

動物好き、そして動物遣いの私からすると、正直戦争に私が孵《かえ》した一角や猫を投入などしたくはない。家族のように思っているし、可愛くて仕方がないのだ。けれど、タニア王国が戦争で投入してくる以上、一角を出さざるを得ないことも理解はできる。

「ナナはうちの子だもの。アカリエル公爵家にも誰にもあげないわ」

乱獲できるほど先祖返りがいるわけではないので、そこは気にしていないが、万能薬を持つ猫がいると知れば、欲しがる者は必ず出てくる。

「分かってる。ダルディエ家がそれはさせないから、ミリィは気にする必要はない」

横にいたシオンは、私の頭に手を乗せた。

それから帰宅し、私の部屋で寛いでいたナナは私を見ると近寄ってくる。

ナナが卵から生まれてもうすぐ一年。生まれた時から大きかったナナだが、今では生まれた時の倍くらい大きくなっている。つまり、もう私は抱っこできない。ただママの飼い猫ココのように自由な性格ではなく、いつも私のあとを付いてくるので可愛い。一緒に庭に出ても失踪したりせずに私の横にぴったりとくっついている。顔も子猫の幼い顔から大人の顔に近づいているが、いつも私に撫でてもらいたがる甘えん坊だ。

「ねえナナ、ちょっと泣いてみて？」

万能薬と言われると、試したい気持ちがあるのは許してほしい。

人間の言葉が理解できるナナは、ニャアと鳴いた。

うん、間違っていないが、そうではない。けれど可愛いので、まあいいか、とナナを撫でるのだった。

数日後にはダルディエ領へ戻る予定のある日、ジュードと帝都にあるレックス商会へやってきた。

仕事をするからミリィは暇になるよ、とジュードには言われたが、無理矢理付いてきたのは、着せ替え人形から解放されるため。

一昨日から家に来ている仕立て屋は、ママの服を何着も仕立てるために泊まり込みでママとやり取りしていたが、その矛先が私に向いたのである。いつものことではあるが。

昨日から何着も着せ替えさせられて疲れているのに、今日もと言われれば、それは逃げたくもなるだろう。どれもこれも可愛いのだが、似たり寄ったりで、とにかく着づらい。侍女に着せてもらわないと着られない複雑なものばかりで、ペチコートのふくらみも邪魔であるし、とにかく一着着るのも面倒で疲れるのだ。

その反動で、今日は男装にジュードの髪のカツラを装着し、気楽にレックス商会のジュードの個室でお茶を楽しんでいた。窓からは人の行きかう姿が見られて、人々の生活が垣間見えて面白いのだ。

(あ、あの子、今日もいる)

道端で可愛らしい花を売っている私より少し年上くらいの女の子は、よくこの窓から見かける。この窓の下をよく通るだけの人はたくさんいるが、あの子が気になっているのは、少し斬新な服を着ているからだった。つぎはぎといえばそうなのだが、ただつぎはぎしているわけではなく、デザインも考えられているように感じるのだ。長袖の部分も途中から切れていて、やぶけていると言えなくもないが、わざと切っている気がする。現世ではあまり見かけないデザインである。

「ジュード、お店の前のところまで行ってきていい?」

「いいけれど、護衛は連れていくんだよ。それに遠くには行ったら駄目だよ」

「はあい」

護衛を連れて店を出る。そして花売りの少女に近づいた。

「こんにちは。お花を一つください」

「ありがとうございます」

前もってジュードに貰った銅貨を渡す。なぜか花とたくさんのお釣りを貰った。このお花いくらだったんだろう。

「可愛い服を着ているね」

「え！」

少女は顔を赤くした。

「これは……私が作ったの」

「へえ、すごい！　上手なんだね」

「お母さんが好きだったから。私も教えてもらって、自分の服は自分で作っていたの。前は仕立屋で働かせてもらってたから」

「前は？　今は辞めてお花屋になったんだね」

「……お母さんが死んだから」

おっと。地雷踏んだ。私は少女の手を握ると、近くにあるベンチへ連れていった。そしてジュードにもらったお菓子を包んできたものを渡す。

「よかったら食べて。もし嫌でなければ、話を聞いてもいい？」

少女はお菓子を一口食べて、目を輝かせた。

「美味しい！」

「それはよかった。私はお腹がいっぱいだからあげる」

「ありがとう！　ラナが喜ぶ！」

少女の名前はアン。ラナという妹がいて、父と三人くらし。母が半年ほど前に亡くなったという。父はほとんど働かず、母が働いて稼いで父と子供たちを養っていたらしい。アンも仕立て屋で働いていたのだが、母が亡くなり、まだ幼い妹の面倒を見なくてはならず、拘束時間の長い仕立て屋で働くことが難しくなった。母が死んだというのに、父は相変わらず働かず、酒を飲むか賭博に興じているという。アンの花売りで稼いだお金もほとんど父が奪っていくらしい。

ここまで聞いて、もう一つありがちな話が思い浮かぶ。

「まさか、お父さん、アンやラナを殴ったりはしていないよね？」

びくっとして、アンは何も言わない。これは確定だろう。

「ご飯は食べられているの？」

「近所に住むお店の人が、ときどき閉店間際に残ったパンをくれるの」

つまりは、それがないなら生きていけないくらいなのだ。

本当は仕立て屋で働いていたかったが、幼いラナを放ってはおけず、そして父からも逃げられない。

聞かなければよかったとは思うが、ここまで聞いてしまった以上、助けられるなら助けたい。

「ねえ、アンはお父さんを捨てられる？」

それからアンとは別れ、私の話を聞いたジュードは頭を抱えていた。

「とうとうミリィが人間まで拾ってきた……」

「まだ拾ってないよ。アンの返事待ちだもの」

ジュードにお願いと提案をしたのだ。のちにパパにも同じお願いをする必要はあるが、まずはジュードの了承がいるのである。

アンと妹のラナを父親から引き離したい。だからダルディエ領へ連れていきたい。アンとラナは最初の数年はダルディエ家で面倒を見たい、けれどタダではなく、出世払いである。

アンは服作りに興味があるので、将来仕立て屋として手に職を付けてもらうべく、レックス商会で抱えている職人の弟子として、色々教えてあげてほしい。そして将来的にアンが仕立て屋で稼げるようになったら、今までアンとラナにかかったお金は返してもらえばいいのだ。

あげるのではなく貸し。そのほうがアンも遠慮しなくて済むし、仕立て屋の技術を磨く努力だってするだろう。そのためにもジュードの協力が必要なのだ。もしかしたら、いずれはレックス商会で人気の職人になる可能性もある。

考え込んでいたジュードだったが、ため息交じりに了承してくれた。パパへの交渉も一緒にしてくれるという。

これで準備は整った。あとはアンの決心次第である。

社交シーズンを終えて、私は両親とディアルドと帝都を発《た》った。

そしてダルディエ領へ帰郷する馬車の中には、アンと妹のラナの姿もあった。帝都、つまり故郷を離れることになるが、アンは父を捨て、妹と一緒に二人で強く生きていく決心をした。

アンとラナはダルディエ家の客人ではない。けれど困らない程度には面倒を見たかったので、二人には私の使っていない家に住んでもらうこととなった。本邸ではなく、同じ敷地内にあって、パパが私のために建てた家である。部屋は有り余っているし、その一室を使ってもらう。そして、食事に関しては、うちの使用人たちと一緒に取ることとなった。それからアンが仕立て屋の技術を学ぶために昼間は家を空けるので、ラナはその間、うちの庭師のおじいちゃんたちが面倒を見てくれる。私も度々おやつを持って遊びに行くのだった。

私は九歳になった。

夏休みとなりジュード、シオン、双子が帰郷した。ジュードは今年テイラー学園を卒業し、今後はダルディエ領に住むことになる。少し遅れてエメルやカイルも帰郷し、ダルディエ領で賑やかな夏休みを過ごした。

北部騎士団で育てている私が孵《かえ》した二頭の一角は、少しだけ大きくなっている。私が会いに行くと飛び跳ねて私の周りを走るので可愛い。小さかった角も少しだけ大きくなっていた。

またナナについてはまだ涙の検証はできていない。泣いてと言っても毎回ニャアと鳴くのである。欲しいのは涙なのだが、伝えるのが難しいため、そのあたりはおいおい考えようと思う。

ダルディエ領へ戻ってきたことで、私は体力を付けるべく、屋敷の広い敷地を使って毎日歩くようになった。散歩は時々していたが、そういった緩いものではなく、体力や筋力を付けるのが目的なので、毎日しっかり歩いている。

ラウ公爵家のルーカスに体力を付けたほうが良いというアドバイスをもらったからだが、やはり最初は兄たちが難色を示した。けれどいつまでも身体が弱いままなのは嫌であるし、ずっと元気でいるためには身体を強くしたいと熱弁し続け、無理をしないことを約束することで了承を得た。しばらくは歩いて足腰を強くすることを目的としている。

服だけは男装にして、いつも庭の端から端までをナナと一緒に歩くのである。一人ではないから寂しくないし、私の体調が悪くならないかナナに見てもらうと兄たちは言う。私がナナの面倒を見るの間違いではないか、と思うのだが。

その日も歩くために、男装に着替えようと自室に戻ってきた。ナナも連れていくので、着替える前にナナが部屋のどこにいるかと見渡すと、ナナはお昼寝中であった。

「ご、ごめん寝だ」

小さい声で呟いた。ナナが床に顔を突っ伏すような形で、謝っている様子で寝ている。部屋に侍女がいるときは、いつも丸くなって寝ていることが多いのに、この寝姿は初めてだった。私と二人でいるときは、寛いでいるのか、お腹を見せて仰向けで寝ることもある。それにしても、ごめん寝が可愛くて、可愛い、可愛い、と、じっと観察する。

しかし、時間が経つにつれ、少し心配になってきた。この寝方は息ができるのだろうか。起こしても良いだろうか、とそわそわしていると、ピクっとナナが反応して顔を上げた。よかった、息はできていたようだ。

「ナナ、おはよう。今日も歩きに行こう」

――ニャー
いいよ、とお返事を貰えました。伸びをした後のナナの頭を撫でると、気持ちよさそうにする。男装に着替えて、最近ジュードに作ってもらった猫の形のリュックを背負い、ナナを連れて庭に出た。リュックには、休憩のときに食べるおやつのクッキーとジュースの瓶、そしてナナのおもちゃが入っている。

「今日はどっちに行こうかな？　裏門のほうに行って、敷地をぐるっと回ってこようか」

ナナに言うと、ニャーと返事をした。

歩き出した私に、ナナが傍をピタッと付いてくる。裏門に続く小道をずんずんと歩く。木の陰を歩くので、暑すぎず風も気持ちがいい。

裏門までやってくると、少し方向を変えた。歩きながら、そういえばもう少し歩くと、ダルディエ公爵家の護衛の訓練場があるので、そこに顔を出してみようと思う。北部騎士団の騎士ではなく、ダルディエ公爵家専用の護衛や、影がいたりするのだ。

途中、黄緑色の三センチほどの木の実が落ちているのを発見する。傍の木を見ると、落ちた木の実と同じものがたくさん付いていていた。

「なんの木だろう？」

歩きを止め、落ちた実を拾おうとしたところ、実の下から小さいニョロニョロとしたものが出てきた。

「みっ⁉」

ミミズか芋虫だろうか、と手を引っ込めた。私は虫は苦手ではないのだが、ニョロニョロ系は苦手だった。蝶々やテントウ虫、バッタなどは平気なのだが、細長い幼虫のようなものは触れない。今も少し鳥肌が立ってしまっている。

「あ！　ナナ、触っちゃダメ！」

私が興味を示したことが気になったのか、木の実を触ろうとしたナナを止める。木の実がすでにニョロニョロに喰われているのかもしれない。

ナナを連れて、歩きを再開する。

仮の目的地、護衛の訓練場までやってくると、訓練場の建物の中から何やら声が聞こえる。そっと扉を開けて中を覗いた。

中には、任務中ではない護衛と影が数名いて、真ん中で戦っているように見える二人を見ながら談笑している。戦っている人のうち、一人はシオンのようだった。二人とも動きが速すぎて、残像のように見える。

戦いは勝ち負けを決めるものではなかったようで、急に二人とも動かなくなったと思うと、揃って真ん中から端へ歩き出した。戦いを見ていた護衛たちから、感想のような声が上がっている。もう終わりだろうか、と思っていると、シオンと目が合った。

なる。

「ミリィ、来てたのか」

「うん」

シオンの傍に行くと、シオンは私の頭を撫でた。そして、暑いのか上半身の服を脱いで半裸になる。

「ちょっと水を浴びてくる」

「うん」

シオンが外に行くのを横目に、ナナはというと、護衛たちに撫でられていた。ナナは大人しいので、されるがままである。

「みんなもクッキー食べる？　たくさんあるの」

「食べます！」

護衛たちにクッキーを分けてあげて、私も休憩がてらクッキーを口にする。うん、ジャムの入っているクッキーが甘くて美味しい。ジュースで水分補給もして、またクッキーをつまむ。

そうしているうちに、シオンが戻ってきた。水で汗を流して拭き、髪に直接水を掛けてきたようで、雑にタオルで髪の毛を拭いていた。引き締まった体がなんとも色っぽい。傍に女性がいたなら、視線を奪っていたに違いない。

「シオンもクッキー食べる？」

「うん」

クッキーを渡そうとすると、シオンが私を抱え上げた。そしてシオンは口を開く。口にクッキーをあーんすると、もぐもぐしている。

「ジュースもあげようか？」

「いい。今、外で水を飲んできた。ミリィは水分取ったか？」

「うん、ジュースを飲んだよ」

「歩くなら、ちゃんと水分補給も忘れるなよ。それに、無理して歩きすぎるのも禁止だ」

「はぁい」

シオンだけではないが、兄たちはみな心配性である。

「そういえば、ナナにも水をあげなきゃ。外に水がある？」

「あるよ。ナナ、おいで」

シオンの声にナナが近寄ってきた。私はシオンに抱かれたまま、水場まで移動する。ナナに水を飲ませながら、私は口を開いた。

「あのね、長い棒みたいなのってある？」

「棒？　何に使うんだ？」

「ジュードに何種類か猫じゃらしを作ってもらったの。棒に付け替えて遊べるのだけれど、ナナって大きいでしょう？　跳んで部屋の物にぶつかったりして、ナナが危ないから、部屋では猫じゃらしでは遊んであげられなくて。外なら広いから、遊んであげようと思って、猫じゃらしを持ってきたの」

シオンは考える仕草をして、私を地面に降ろした。

「ちょっと待ってろ」

シオンはどこかへ行ってしまったが、すぐに棒を持って戻ってきた。

「猫じゃらしは？」

訓練場の中に戻り、リュックに入っている数種類ある猫じゃらしの替えの中から、ネズミの形を模したぬいぐるみタイプの猫じゃらしをシオンに渡す。シオンはそれを棒に括りつけると、ナナを呼んだ。

訓練場の真ん中、護衛たちも見物する中、シオンはナナに猫じゃらしを向ける。そしてササッと左右に不規則に素早く動かすと、ナナの視線が猫じゃらしから外れなくなる。ナナの前足が動くが、猫じゃらしに届きそうで届かない。ナナがうずうずしている。そして、シオンが左右ではなく真上に猫じゃらしを素早く上げた時、ナナが思わずジャンプした。

「ナナが釣れたー！」

ネズミの形の、特にしっぽの紐が気になるのではなかろうか。ナナが楽しそうに何度もジャンプしている。うちのナナは可愛すぎる。護衛たちも笑っていた。

これは良い。ナナは部屋の中を走ったりしているし、私と歩きにも行くが、運動不足になっていないか心配だったのだ。今度から、外に歩きに行ったついでに、猫じゃらしでジャンプもさせてあげなければ。それに、何度も猫じゃらしを動かすのは、私にとっても運動になる気がする。

ナナだけでなく、シオンも楽しそうにナナの相手をしているのを見ながら、そんなことを決心するのだった。

夏休みも進み、ダルディエ領へ連れてきたアンとラナは、まだ若いからかすぐに順応した。

私がスカートを穿いている姿を見て、女の子だったんですね！　と驚いていたが、いつか私が着るドレスを作るのだと、アンは息巻いている。毎日仕立て屋になるための技術を磨き、とても楽しそうだ。

まだ小さいラナは普段は庭師のおじいちゃんたちを手伝っているが、それを遊びと思っているようで、こちらはこちらで楽しそうである。ラナは甘いものが好きなので、私が時々お菓子を持っておやつを一緒にしている。

夏は去年も着た水着を着て湖で遊ぶ。相変わらず泳げない私は兄の背中に乗るのだが、兄たちが私を乗せて泳いで競争したりするのも楽しい。カイルやエメルなんかは潜水が得意のようで、よく二人でどこまで潜水で行けるか勝負をしていた。

夏休みが終わるとシオンと双子、エメルとカイルはそれぞれ帝都へ戻っていく。

エメルとカイルはテイラー学園へ入学した。

ジュードは正式にレックス商会の会頭となった。いつも忙しそうであるが、楽しそうに仕事をしている。気になるのは、度々私に宝石の付いたネックレスや髪飾りを作ったりしてくることである。

綺麗だし素敵だから使わせてもらうが、何もない日に普通にくれる。元々私の意見を元に何かを作ったり、欲しいものを聞いてプレゼントしてくれるジュードではあるが、最近私に対する貢ぎグセに拍車がかかっているような気がするのは気のせいであろうか。

そして夏から秋に変わり、秋も深まる季節、ずっと手紙をやり取りしていたウィタノス、改めモニカが遊びにやってきた。

第五章　末っ子妹は親愛なる親友と再会する

ダルディエ本邸の入口に、五台に及ぶ馬車が停車する。使用人が馬車の扉を開けると、最初にモニカの兄エグゼが地に降り立った。そして次にエグゼにエスコートされたモニカが、馬車から降りる。

「モニカ！」

「ミリィ！」

お出迎えのため、ディアルドとジュードと共に外で待っていた私は、モニカの姿に嬉しくて名を呼ぶ。するとモニカも嬉しそうに私を呼び、走って私を抱きしめた。

「久しぶりね、モニカ！　元気そうで嬉しい！」

「私もよ、ミリィ！」

約二年ぶりの再会である。モニカの後ろからエグゼもやってきて、兄たちと挨拶を交わす。それから私たちは屋敷へ入り、応接室へ場所を移した。

私はディアルドとジュードに左右に挟まれてソファーに座り、モニカとエグゼは隣同士に座った。それぞれお茶とお菓子で一息つきながら、モニカが口を開いた。

「ずっとお父様やお兄様に交渉をしていたのだけれど、なかなかミリィに会いに行くのを許してくれなくて！　説得するのに二年もかかってしまったわ」

　モニカはお菓子を食べながらプンプンしている。

「やっと許可を貰えたと思ったら、お兄様付き！　しかも、たった五ヶ月！　私は五年って言ったのに！」

「モニカはまだ九歳だよ、父上たちの反対は当然でしょう」

「もう九歳よ！　大人よ！　保護者なんていらないわ！」

「……いつも乳母に話をしてもらわないと、夜寝られないのに？」

　エグゼに言われ、かぁっと顔を赤くしたモニカは、私たちとエグゼを交互に見た。

「い、今、その話をする必要はないでしょ！」

　ふふふと私は笑いながら口を開いた。

「モニカ、ミリィだって、お兄さまがいないと寝られないもの！　ミリィと一緒ね！」

「……ほ、本当？」

「本当よ。いつもお兄さまとお話ししながら眠るんだ」

　モニカはほっとした表情ではにかんだ。モニカったら可愛い。

　聞けば、以前私を探しにグラルスティール帝国に来たときは、乳母付きだったらしい。しかし今回は乳母は連れてこなかった。なぜかと言うと、まだ子供だと出国を渋る父たちに、モニカは乳母がいなくても寝られると啖呵《たんか》を切ったらしい。

「ほら、大丈夫だったでしょう？　俺が寝るまで話をしてあげるから」

「し、仕方ないわね、私もお兄様とお話ししてあげる！」

エグゼはくすくす笑い、こちらを向いた。エグゼの顔に「うちの妹、可愛いでしょう」と書いてある。

モニカとエグゼは、五ヶ月ほどダルディエ家に滞在する予定だった。

ディアルドとジュードは、実はまだモニカを少し警戒しているので、今は私の傍にいる。私とモニカが会うのは久しぶりであるし、私が本当に殺されないか、モニカの反応を見て安心したいのだろう。

モニカたちは影、トウエイワイド帝国では『忍』というらしいが、その忍も連れてきているが、我が家では姿が見えなくなる技は使わないでもらっている。しかし、うちの影もだが、どうやって見えなくなっているのだろう。謎だ。黒装束の異質な存在がいてドキドキするけれど、うちも影はいるし大丈夫だろう。

その日は両親も加えて、歓迎会の意味合いの晩餐会を開催した。私はとにかくおしゃべりが楽しくて、時間があっという間だった。

次の日、モニカと隣同士で楽しく話をしていると、同じ部屋でエグゼと話をしていたディアルドがモニカに言った。

「モニカ皇女、ウィタノスは夢の神なのでしょう？　ミリィは何日かに一度、転生前の殺したり殺されたりする夢を見るのですが、そういう悪夢を見ないようにできませんか？」

目をパチパチと瞬きしたモニカは、思い出したように返事をする。

「そういえば、そんな設定にしていたのだったわ」

「そんな設定？」

「カルフィノスに私を思い出してもらいたくて、遊戯前にそういう設定を組み込んだの」

「ミリィ、前世では悪夢は見なかったのだけれど」

「前々世では私が殺されたのよ。殺された次に転生したら、カルフィノスに夢の影響はないよう、遊戯の前にそういう設定にしたから。そのほうが変化があって楽しいでしょう。遊戯だもの。まあ、殺されたら私は悔しいのだけれどね」

「そ、そうよね？」

殺されたら悔しいというだけで済んでしまうモニカがすごい。怖いと泣いていた私がおかしいのだろうか。

「カルフィノスは時の神だったよね。ミリィにそんな力はないと思うのだけれど」

「力も何も持っていない、愛だけあれば楽しく生きられる人間をやりたいんだって、カルフィノス自身が遊戯前に力の制限をかけているのよ。まったくバカなんだから」

「ご、ごめん？」

なぜか怒られた。

「私は制限はかけているけれど、使える力もあるの。でも一応制約があるのよね。この国にも教会はあったわよね？」

「うん」

「だったら夢見の影響を変更できるわ。数日待っていて」

「あ、ありがとう！」

「仕方ないわね！　今回だけよ！」

ふん！　と鼻を鳴らしながらもモニカは得意げである。嬉しくて笑顔でディアルドと顔を見合わせる。長年の悩みの種だった悪夢から解放されるのである。

「モニカ、本当にありがとう！」

私は嬉しすぎて、感謝の気持ちを込めてモニカの頬にキスをした。するとモニカが真っ赤になり、キスした頬を手で覆う。

「な、な、な、何でキス……」

「……？　嬉しかったから！」

モニカが顔を下げた。頭から湯気でも出ていそうである。

「あれ？　嫌だった？　ごめんね？」

「嫌って言ってないでしょ！　……親友なのに！　結婚しなくちゃ！」

「しないよ!?」

エグゼが手を口にやり、プルプル震えながら楽しそうに口を開いた。

「グラルスティール帝国は、キス大国だものねぇ……。俺も留学したてのときは驚いたよ。モニカ、トウエイワイドとは違って、ここでは親兄妹で頬のキスは当たり前だよ。恋人同士なら道端で堂々とキスしているし、挨拶で手の甲にキスもよくある光景。キスしたからって、結婚しなくて大丈夫。

ミリディアナ嬢と親友のキスができて、良かったね」

「親友のキス……」

『親友のキス』というのは、別に一般的ではないですけれど。エグゼ、妹で遊んでいませんか。

「……この国は、普通の友達にもキスをするの？」

「ううん、普通の友達は一般的にはしないと思う」

「ミリィ！　親友って、私だけよね!?」

「う、うん、モニカだけ……。で、でも、他にも友達は欲しいかも……」

「その辺に転がっている普通の友達なら、ちょっとくらいなら作ってもいいわ！　でも、親友はダメ！　私だけなんだから！」

「も、もちろん、モニカだけが親友だよ！」

友達を作ってもいいなら、何も問題ない。親友はモニカがいればいい。

「じゃあ、『親友のキス』は、モニカもしてくれる？」

「え!?」

再び真っ赤になったモニカは、もじもじしながら、そっと私の頬にキスをしてくれた。モニカは可愛すぎませんかね。エグゼだけでなく、ディアルドまで微笑ましそうにしていた。

次の日、さっそく夢見の影響を変更してくれるというので、ダルディィエ領にある教会に行くことになった。ディアルドは仕事で来られなかったため、私とジュード、モニカとエグゼの四人で、教会にやってきた。司祭に小聖堂に入る許可を依頼して了承を得ると、モニカが口を開いた。

「あとは私一人で大丈夫。ミリィはどこかでお茶でもしていて」

「えぇ？　ミリィも一緒にいなくていいの？」

「私が教会にいる必要があるだけで、ミリィはどこにいてもいいのよ。お兄様も主聖堂のほうにいたらいいわ」

「モニカを一人にできるわけないでしょう。俺も小聖堂に行くよ」

「お兄様がいたら、邪魔だもの。集中できないわ」

「……邪魔。……せめて、小聖堂の外の扉の前にいるよ」

「お兄様ったら……仕方ないわね、いいわよっ」

ふん、っとモニカは横を向いているが、若干モニカの頬が赤くて可愛い。

結局、私とジュードは、ダルディエの街の有名なカフェの個室で、お茶をしながら待つことにした。そして三十分ほど経過したとき、モニカとエグゼがやってきた。

「終わったわ」

「もう!?　もっと時間がかかるのかと思ってた。ミリィ、何も感じなかったよ？」

神の力が注いでる、そんな不思議な感覚でもするのかと思っていた。

「時間なんてかかるわけないわ。あっちの精神と繋がりさえすれば、あとは設定を解除するだけだもの。ミリィに何か感じるものがあったりするわけではないの」

「そうなのね」

なんだかよく分からないが、これで悪夢、つまり前世で死亡する夢を見ないようにしてくれたということだ。すごく嬉しくて、私はモニカに抱き付いた。

「本当にありがとう！」

「いいわ、親友のためだもの」

モニカから体を離し、笑みを向けると、モニカが何か期待の目で私を見ているのに気づいた。なんだろう？

「モニカ、どうしたの？」

「……ミリィがしたいなら、またしてもいいのよ？」

何を？　ハテナだらけでジュードを見ると、苦笑していた。エグゼは微笑ましい顔をしている。あ、そういうこと。合点がいきました。

私はモニカの頬にお礼を込めたキスをする。すると、モニカは嬉しそうに顔を染め、私の頬にもキスを返す。

モニカは『親友のキス』待ちでした。うーん、可愛い過ぎる。

でも、トウエイワイドではキス文化はないというし、グラルスティールのキス文化に慣れてもらうためにも、毎日モニカにキスをしよう、と思うのだった。

それから、モニカとエグゼも交えてお茶とお菓子を楽しみ、街を案内して、屋敷に戻った。

あれから二十日ほど経過し、まったく悪夢を見なくなったことを実感している。

ジュードとベッドに入りながら、話をする。

「ミリィ、今日はモニカ皇女と何をしたの？」

「午前中は一緒に勉強をしたよ。午後は庭を歩いて、ナナとも遊んだの」

私が体力作りに毎日歩いていると話すと、モニカは付き合ってくれている。

「そしたらね、今日雪が降り始めて、モニカがはしゃいで可愛かった」

ダルディエ領の冬はこれから雪深くなるが、トウエイワイドでは寒くはなっても、雪はほとんど降らないらしい。

「もう少し雪が積もったら、一緒に雪だるまを作る約束をしたの！　雪うさぎとか、雪猫もいいよね！」

「それはいいね。楽しそうだ。暖かく着こんで遊ぶんだよ」

「うん」

ジュードが笑みを浮かべ、私の額にキスを落とす。

モニカと一緒に過ごせて、毎日が楽しい。明日も楽しい日が待っている、そんなことを思いながら、眠りに落ちるのだった。


ダルディエ領は、雪が積もり、すっかり冬景色となった。

ずっと体力作りのために時間を決めて歩いていたが、最近走ることも追加した。走って倒れては大変だと、走っているときは誰かに見てもらうことを兄に条件にされてしまったので、いつもモニカと一緒に侍女が見ているときに走っている。

といっても、外は雪が降っていて走れないので、家の中の長い廊下を走って良いと許可を貰った。走る時間はまだ五分だけと短いが、順調に体力作りができている気がする。

またいつかは三尾に一人で乗れるようになりたいので、体幹作りも始めた。やり方についてはディアルドに教えてもらったので、部屋で毎日体幹作りに励んでいる。ちなみに、モニカは体が弱いわけではないが、親友だから付き合ってあげる！　と、いつも快く一緒に運動してくれる。

体力を付けることで前より熱が出る回数は減ったと思う。まだ大幅に減ったとは言えないが、それでも少しは結果が出ていることに嬉しくなる。だから兄たちも走るのを許してくれるようになったのだ。大きな進歩である。

雪深い間は、屋敷の中でモニカと勉強や運動をしたり、遊んだりして過ごす。

ママの温泉にも、モニカと時々一緒に入った。トウエイワイドにも温泉があるらしいのだが、温泉でなくとも、普段から大きいお風呂に入る習慣があるのだとか。大浴場みたいなものだろうか。うちは露天風呂もあるので、晴れた日の満天の星空の下で温泉に入るのは、なんとも良い気分だった。雪が積もって寒くても、温泉は温かくて、むしろ寒いからこそ気持ちがいいのだ。

そんな真冬の日々も移り行き、少しずつ春が近づいてくるのだった。

◆
◆
◆

今年は例年より暖かくなるのが早いのかもしれない。道の脇にはまだ雪は積もっていても、雪が降る日が減り、日差しが暖かい日が増えた。少し春めいてきたので、街へ行くというディアルドとモニカとエグゼと共に馬車に乗っていると、ダルディエ邸の敷地を出た後に知った顔を見つけたため、馬車を止めてもらう。

「アン！　街へ行くのでしょう。一緒に行きましょう」

「お嬢様！　でも……」

「いいよ。アンも乗りなさい」

「あ、ありがとうございます」

アンはディアルドに頭を下げると、馬車へ乗り込む。馬車の片方の席には私とモニカしか座っていないので、子供なら三人は乗れる。

仕立て屋の職人である師匠の元へ、いつもアンは一人で歩いて往復している。ダルディエの屋敷は山の中にあるため、歩きなら街まで四十分ほどはかかるはずである。うちの使用人が街に用事があることは度々あるので、使用人用に馬車を一日三往復ほど走らせているが、特に雪深い日を除き、アンはほとんど使用しておらず、歩くほうが好きなようであった。

「この前のデザイン画、面白かったわ。今日のアンの恰好も素敵！」

「ありがとうございます！　お嬢様から色々と良くしていただいて。これもいただいた服を使わせていただいたんです」

私の服の数は半端ない。ママが毎日二度は着替えても大丈夫なようにと、買い揃えているからだ。ただ成長期なため、小さくなって着られなくなる服も多い。着られないものが家に大量にあっても仕方がないので、基本はリメイクしてから孤児院などに寄付をするのだが、アンの服を仕立てるための練習になると良いと思い、服の一部をアンに渡しているのである。アンは自分用やラナ用に仕立て直して、まったく違う服に変えて着ていた。

私の服をそのまま使うと豪華になりすぎるし、高そうな服を着ていることで他人に目を付けられるのも困る。それを上手い具合に調整してリメイクしているのだ。それがなかなか上手くて、アンは才能があると思う。

そんなアンをモニカがじーっと見ていた。

「まさか、ミリィの親友だなんてことはないわよね？」

「私がお嬢様の親友⁉ そんな畏《おそ》れ多い！ お嬢様は私の大恩人です。お嬢様に恩返しをするべく、日々仕立て屋の技術を磨いております！」

アンはブンブンと顔を振り答える。モニカよ、アンに圧をかけるでない。親友ではないと聞いて、モニカはアンに対する圧を少し和らげた。

「アン、彼女はモニカっていうの。ミリィの親友で、トウエイワイドの皇女なのよ」

「こ、皇女様⁉」

アンは恐縮したように小さくなったが、ちらっとモニカを見た後は、じーっと視線が外れなくなっている。

「アン？」

「はっ⁉ も、申し訳ありません！ 頭の中で皇女様に似合うドレスが思い浮かんでしまい、想像が膨らんでしまいました。今日のお嬢様と髪型が同じですね！　お揃いの色違いのドレスなんか、とてもお二方に似合うと思います！」

私とモニカの今日の髪型は、高い位置にお団子を作り、その下をツインテールにしていた。私を挟んで二人は座っていたが、モニカが私を超えてガシッとアンの肩を掴んだ。

「いいわね！　ミリィとお揃いの服！」

「……‼　はい！　ぜひ、いつか私にお揃いの服を作らせてください！　必ずやお二人をさらに美しく見せる服を作ってみせます！」

あれ、何でか意気投合している。

アンは途中で馬車を降りると、手を振って去っていった。

「盲点だったわ！　お揃いの服、何で作ってこなかったのかしら！　ミリィ、この国のお揃いの服は、あの子に任せるとして、トウエイワイドのお揃いの服を、次来る時に必ず作って持ってくるわ！　一緒に着ましょう！」

「ありがとう、楽しみにしてるね！」

お揃いの服、いわゆる双子コーデというものだろう。モニカと双子コーデができるなんて、楽しみで仕方ない。

それからもう少し馬車を走らせ、みんなで馬車を降りる。

モニカとエグゼは、トウエイワイドに持ち帰る用のお土産を見たいと、少しだけ別行動することになった。モニカたちとは、後ほどジュードの商会で落ち合うことにした。

私はディアルドがいくつか用事があるというので、それに付いていくだけである。久しぶりの街なので、少し見て回るだけでも楽しい。あちこちディアルドと回り、最後にジュードの商会へ向かう途中、ディアルドが顔なじみと立ち話を始めた。私はその間、ディアルドに許可を得て、離れて護衛と一緒に近くの本屋へ行った。すっかり顔なじみの本屋の亭主は、新作を教えてくれたため、それを購入した。本自体は屋敷へ送ってもらうよう依頼する。

そして本屋を出ると、知った顔を見つけた。

「ウェイリーさま！」

「おー！　お嬢さん！」

私が以前ストーカーをしていた男性である。相変わらず良い男だ。街で会えば、最近はこうやって抱き上げてくれるようになった。冬は会う機会がなかったので、久しぶりに近くで顔を拝めるなんて、眼福眼福。護衛も危険がないと判断しているのか、何もしない。

「今日も素敵ですね！　髪を切られたのですね」

「相変わらずよく見てるな。ちょっと切っただけだぜ」

「ウェイリーさまのことなら見逃しませんわ！　任せてください」

うふふと二人で笑っていると、目の前にジュードが仁王立ちしていた。

「ウェイリー！　ミリィを離せ！」

「あぁ？」

「まさかうちのミリィにまで手を出す気ではあるまいな！　いくらミリィが可愛いからって……」

「待て待て、ジュード」

ブチギレジュードを止めたのは、慌ててやってきたディアルドである。

「勘違いするな。ウェイリーとミリィは友達なんだ」

「はぁ？」

「いいから。ほらミリィ、こっちへおいで。ウェイリー、今日はここで解散ということでお願いします」

「わぁったよ。じゃあな、お嬢さん」

ウェイリー抱っこからディアルド抱っこへ移った私の頭を、ウェイリーは撫でると去っていった。

間の悪いことに、モニカとエグゼまでやってきた。私がウェイリーに抱き上げられていたのを見ていたらしい。

「どういうことです⁉」

「誰なの、今の！」

ジュードとモニカの絶叫に、しまったなーという顔をするディアルド。私も気持ちは一緒です。

ここはレックス商会の本店の近くである。場所が悪かった。とりあえず場所を変えようとレックス商会のジュードの部屋へ移動した。

私がウェイリーをストーカーしていた件は、ディアルドは兄たちに話をしていない。だから女好きのウェイリーの毒牙に妹が危ない！　という思考にジュードがなったのであろうことは想像できる。

これはウェイリーに迷惑をかけないためにも、話すほうがいいかもしれないと、ジュードとモニカに簡単に説明することにした。つまりウェイリーは私の初恋であり、今は友達なのだと。ストーカーをしていた件は黙っておく。

それを聞いたジュードは、目を押さえて下を向いていた。泣いていないよね？

「俺のミリィが初恋……初恋、初恋ってなんだっけ」とぶつぶつ言っている。壊れたかな。

「初恋だなんて！　嘘よね!?　嘘だと言って！」

モニカはそう言いながら、自身のほっぺをつねっている。痛くないのだろうか。

その後、結局ジュードは仕事が手に付かなくなったので、全員で家に戻ってきた。ジュードは馬車に乗る間も、ずっと私を膝の上に乗せて離そうとしない。モニカも心配だが、今日は瀕死のジュードのために、私は側を離れないのだった。

次の日のモニカは復活していた。私が恋愛本を嗜んでいることは話していたので、ウェイリーのことは初恋ではなく、恋愛に対する憧れなのだと結論付けたらしい。モニカの目は血走っていたけれど。以前、モニカにも恋愛本を勧めたのだが、モニカはあまり興味を示してくれなかった。残念である。

そんなこんなで、ジュードには初恋を知られてしまったので、今ダルディエ領にいない兄たちにも知られる日は近そうだと思うのだった。

さらにダルディエ領が春めいた日、とうとうモニカが帰る日がやってきた。

モニカとは、五ヶ月を一緒に過ごした。一緒に遊んで、勉強もして、運動もした。毎日笑って楽しかった日々も、もう終わりだ。

邸宅前、五台の馬車の前に、モニカと私は面と向かって両手を握りあっていた。互いに涙目である。

「また絶対に来るから！」

「うん」

「……モニカ？　そのやりとり、何度やる気？」

「お兄様は黙ってて！」

「……はい」

苦笑しながら後ろに下がるエグゼ。

「モニカ、手紙をたくさん書くね」

「私もたくさん書くわ。……他の親友に浮気しちゃだめよ？」

「しないよ！」

私たちは最後に抱擁すると、手を離した。「またね」と互いに言い、モニカは馬車に乗り込む。

今度会えるのはいつだろうか。私は馬車が見えなくなるまで手を振っていた。

新 ＊ 感 ＊ 覚　ファンタジー！

レジーナブックス Regina

レジーナブックス Regina

大人気のシリーズ、待望の続刊!

自称悪役令嬢な妻の観察記録。1～3

しき

イラスト：八美☆わん

『悪役令嬢』を自称していたバーティアと結婚した王太子セシル。溺愛ルートを謳歌する二人のもとに、友人リソーナからとある依頼が舞い込んだ。やる気満々でリソーナと再会したものの、どうもバーティアの様子がおかしい。なんでも、リソーナはバーティアが前世で読んだ小説に登場する『悪役令嬢』らしく……!? 優秀すぎるセシルとおバカなバーティアの大人気どたばたラブコメ、ここに復活！

詳しくは公式サイトにてご確認ください。

https://www.regina-books.com/

携帯サイトはこちらから！

新 ＊ 感 ＊ 覚　ファンタジー！

Regina レジーナブックス

Regina レジーナブックス

自由を求めていざ隣国へ！

妹に婚約者を寝取られましたが、未練とか全くないので出奔します

赤丈《せきじょう》聖《ひじり》

イラスト：冨月一乃

可愛がっていた妹に婚約者を寝取られてしまった男爵令嬢のナーナルは、これを機に執事のエレンと家を飛び出した。隣国・ローマリアを目指す途中、貸本喫茶を開きたいと志したのだが、隣国の市場はとある悪徳商会に牛耳られていて、とても参入できる状態ではないのだとか。しかも、その商会の副商長とエレンには因縁があるようで――？　念願の貸本喫茶を開くため、ナーナルは策を練り始める。痛快無比の商会潰し作戦、開始 !!

詳しくは公式サイトにてご確認ください。

https://www.regina-books.com/

携帯サイトはこちらから！

新＊感＊覚ファンタジー！

レジーナブックス Regina

レジーナブックス Regina

〝過保護〟はご遠慮下さい!

ほっといて下さい 1〜6

従魔とチートライフ楽しみたい！

三園七詩《みそのななし》

イラスト：あめや

目が覚めると、見知らぬ森にいたミヅキ。事故で命を落としたはずだが、どうやら転生したらしい……それも幼女に。困り果てるミヅキだけれど、無自覚チート発揮で異世界ライフは順調に進行中。伝説級の魔獣フェンリル、敏腕A級冒険者、策士な副ギルドマスターに、寡黙な忍者と次々に味方……もとい信奉者を増やしていき——愛され幼女のWEB発大人気ファンタジー！

詳しくは公式サイトにてご確認ください。

https://www.regina-books.com/

携帯サイトはこちらから！

この作品に対する皆様のご意見・ご感想をお待ちしております。

おハガキ・お手紙は以下の宛先にお送りください。

【宛先】

〒150-6008 東京都渋谷区恵比寿4-20-3 恵比寿ｶﾞｰﾃﾞﾝﾌﾟﾚｲｽﾀﾜｰ８F
（株）アルファポリス　書籍感想係

メールフォームでのご意見・ご感想は右のＱＲコードから、
あるいは以下のワードで検索をかけてください。

アルファポリス　書籍の感想　検索

ご感想はこちらから

本書は、「アルファポリス」（https://www.alphapolis.co.jp/）に掲載されていたものを、
改題、改稿、加筆のうえ、書籍化したものです。

七人《ななにん》の兄《あに》たちは末《すえ》っ子《こ》妹《いもうと》を愛《あい》してやまない 2
猪本夜（いのもと よる）

2023年 5月 5日初版発行

編集－飯野ひなた
編集長－倉持真理
発行者－梶本雄介
発行所－株式会社アルファポリス
〒150-6008 東京都渋谷区恵比寿4-20-3 恵比寿ｶﾞｰﾃﾞﾝﾌﾟﾚｲｽﾀﾜｰ8F
TEL 03-6277-1601（営業） 03-6277-1602（編集）
URL https://www.alphapolis.co.jp/
発売元－株式会社星雲社（共同出版社・流通責任出版社）
〒112-0005 東京都文京区水道1-3-30
TEL 03-3868-3275
装丁・本文イラスト－すがはら竜
装丁デザイン－AFTERGLOW
（レーベルフォーマットデザイン―ansyyqdesign）
印刷－中央精版印刷株式会社

価格はカバーに表示されてあります。

落丁乱丁の場合はアルファポリスまでご連絡ください。

送料は小社負担でお取り替えします。


ISBN978-4-434-31942-6 C0093